「……你說什麼？我聽不見。」
「幫、幫我吸……」
河內露出有如酒醉般的迷濛眼神。

青鳥

アオイトリ

Bluebird

木原音瀬
Narise Konohara

峰島なわこ
Nawako Mineshima

Contents

青鳥

Blue Bird

今天一早起床，他的身體狀況就差到了極點。全身發熱，頭暈想吐，連床都下不了，只能懷著愧疚的心情向公司請假。

躺在床上約莫兩個鐘頭，他終於比較舒服了，大概是阻化劑起作用了吧。這幾天總覺得藥效比以前差，但至少現在好多了。

河內健太郎悠悠地下床，打開手機看了看時間——早上十點半。現在準備，下午還來得及去上班。明天開始就是三連休，公司還有一堆資料沒打，他實在不想給同事添麻煩。

換上西裝、吃完簡單的早餐，河內便出門了。走出公寓後，只見太陽高高掛在天空，天氣很好，但空氣中帶著一絲寒意。他呆呆地走著，這才想起下禮拜就進入十二月了。走到河畔邊時，冷冽的北風迎面吹來，凍得他直發抖。早知道就戴圍巾出門了，他心想，不過現在後悔也來不及了。

爬上車站的樓梯，河內突然有些站不穩。他的腦中閃過一絲不安，難道身體還沒恢復嗎？但這樣的想法瞬間便消失了。

他傳了一封簡訊給上司野中，說自己身體狀況好多了，今天會進公司。野中立刻回覆道：「謝謝，但你身體ＯＫ嗎？」

野中是女生，他們倆是同期進公司的，從以前就相當要好。只是野中是他們那梯爬得最快的，所以現在已成為他的上司。野中是α，河內是Ω，但野中從來不會歧視河內。

河內回了「沒問題」三個字後，便匆匆上了電車。

這是離樓梯最近的一節車廂。進到車廂後，他立刻聞到一股刺鼻的氣味——那是Ω發情時的費洛蒙味，聞著真令人難受。

他掃視周遭，鎖定了一個坐在車門邊、低頭抱著包包的長髮女生。應該是她……這個味道已經是會引人犯罪的程度了。河內非常猶豫是不是要叫她下車、趕快坐計程車去醫院，但不待河內作出決定，車門便關上了。河內的右邊傳來粗重的喘息聲，轉頭一看，只見一個看起來還在念大學的年輕男子按著胸口，嘴巴微開，雙眼充滿了血絲。

糟糕，這個男的是個α。

「砰！」的一聲，河內循聲看去，剛才那個長髮女生的包包掉到了地上，但她只是坐著不斷發抖，完全沒有要撿起的意思。

河內跑到她的身邊，撿起她的包包問：「妳還好嗎？」

對方沒有回答，只是點了點頭。見她全身無力，河內將她一把抱起，在下一站下了車。值得慶幸的是，剛才那個年輕男子並未追過來，看來那人還保有理智，沒有失控。

幸好這座車站的月台是在室外，女生身上的氣味散去了一些。河內將她橫放在長椅上，問道：「妳沒帶阻化劑嗎？」

女生點了點頭，氣喘吁吁地說：「……藥剛好……沒了……帶我……去……醫院……」

河內從西裝內袋拿出藥盒。

「我身上有NXb5，妳有吃過嗎？」

「那個……對我……沒效……」

河內露出一個苦笑。

「這是藥效最弱的阻化劑，但副作用也比較少，妳就先吃著吧，有總比沒有好。」

河內餵女生吃了一顆藥，幾分鐘後，氣味就沒那麼濃了。雖然無法百分之百阻化，但還是有幾分效果。這種濃度的費洛蒙不會讓β失去理智，只要車站人員不是α，應該可以拜託他們處理後續。女生的臉本來有如剛泡完澡一般紅通通的，現在也退紅了。

「舒服多了……謝謝你。」

這個女生是個手腳修長的小臉美人，只要她願意，肯定有一群α男追著她跑。她坐了起來，順了順呼吸後，抬頭看向河內。

「你也是Ω嗎？」

「對。」所以河內才無法對她視而不見。

聽到這裡，女生豆大的淚水瞬間從眼眶滑落，細聲道：「男生的Ω……真是可憐……」這句話有如尖針一般刺痛了河內的心，但他刻意不去思考那是什麼意思。

河內把事情原委向車站人員說了一遍、把女生託付給對方後，便再度上了電車。

女生的那句「真是可憐」在他的腦中盤踞不去。就客觀的角度而言，他確實值得同情。但不用多久……只要再四天，他就可以從遺傳自母親的Ω體質中解放了，就再也不用忍受這些束縛了。

……人類除了一小部分的性少數，大致可分為男跟女兩種性別，而所有男女都可分為三個種類——α性、β性、Ω性。大多人都是β性，只有少數是α和Ω。α擁有優越的頭腦和運動能力，政治人物、企業老闆、學者幾乎都是這個屬性，β的資質則比較平庸。至於Ω，他們跟α一樣聰明能幹，但絕大多數都是性工作者，不然就是非正式員工。因為……他們的狀況比較特殊。

Ω無論男女都能懷孕，而且進入青春期後，他們就會跟貓咪、兔子一樣出現發情期。發情間隔因人而異，一般都是一個月一次，每次持續四、五天。這段期間，Ω會散發出強烈的費洛蒙，激發α和β的性衝動。

Ω的發情費洛蒙威力驚人，會使α失去理智，在非自願的情況下與之發生性行為，這股吸引力有時甚至連β都抵擋不住。也因為這個原因，常有Ω遭人性侵。發情可以用「性愛」解除，而單身的人就只能默默忍受。期間會出現頭暈、發燒、發冷、全身痠痛等症狀，嚴重時甚至會導致死亡。為此，單身的Ω會服用一種名為「阻化劑」的藥物，來緩解發情期所引發的各種不適，抑制身體分泌費洛蒙。

然而，這些阻化劑並非萬靈丹，有些人服用後會產生副作用，所以政府還是鼓勵Ω用與伴侶性交的方式來解除發情期。

大多Ω為避免引發非自願性行為或性侵，發情期間都盡量不外出。每個月只要發情期一來，他們就只能在家上班，有些人甚至會不舒服到無法工作。也因為這個原因，很少有公司願意雇用Ω當正式員工，他們大多只能從事時間較為彈性的自由業或是計時型工作，收入不是不穩定就是少得可憐。發情是Ω的宿命，不少人乾脆「發揮所長」、投入性產業，這也使得Ω經常遭人歧視。

α和Ω之間存有「配對機制」。只要α啃咬Ω的後頸，Ω的身體就會將對方認定為伴侶，以後就只能跟這個人性交才能獲得快感。如果雙方之後會結婚就算了，有些比較壞的α，會在未經Ω同意的情況下，啃咬對方的後頸強制配對，玩膩了就拍拍屁股走人。α就算已有配對對象，還是可以跟其他Ω或β上床，但Ω不同，只要配對一次就再也無法跟其他人性交，否則就會出現頭痛想吐等症狀。因此，Ω一旦遭人拋棄，這輩子就只能靠阻化劑過活了。

河內的媽媽是個人美心也美的Ω。媽媽告訴河內，爸爸在他出生前便去世了。但根據一個大嘴巴親戚的說法，媽媽其實是被配對的α拋棄了。三年前媽媽去世，直到人生的最後一刻，她還是對河內的爸爸絕口不提。河內不知道自己的爸爸長什麼樣，就連叫什麼都不知道。他並不想見到那個將母親棄之如敝屣的種馬，不過他長得跟媽媽完全不像，估計是像爸爸。

河內在中學入學健檢時接受了屬性檢查，結果是Ω。小學就有教α、β、Ω的屬性，如果媽媽是Ω，小孩有二分之一的機率也會是Ω。河內對這個結果並不意外，甚至相當慶幸，因為他不想遺傳自己那個薄情的父親。

河內的媽媽發情症狀相當輕微，用阻化劑就能控制得很好，所以發情期也能正常外出工作。在媽媽的努力下，他們家的收入非常穩定，河內從小就過著衣食無缺的生活。

河內第一次發情是在十七歲的夏天，當時他在家中吃晚飯，突然感到全身像火燒一般灼熱，整個人暈頭轉向，皮膚刺痛，心臟噗通噗通地狂跳，痛苦到無法呼吸。

媽媽發現河內的異狀後，立刻拿阻化劑給他吃。而吃完藥後，那些不適症狀便奇蹟般地消失了。

隔天，媽媽帶河內去Ω專科看診。醫生得知河內靠如此低劑量的阻化劑就能控制症狀、而且還沒有副作用後，感到非常驚訝。因為媽媽也控制得非常好，醫生推測他是遺傳到媽媽的體質，只要好好服藥應該就能正常生活。常聽人說Ω發情期有多難控制、阻化劑的藥量有多難調節，這些問題在河內身上完全看不到。這讓他以為，只要好好吃藥，Ω也是可以正常生活的。

如今回想起來，當時的他實在太天真了。

剛升上高三的春天，河內親眼目睹了現實的殘酷。

那天午休，河內走在通往第一大樓的走廊上，打算去導師辦公室找老師詢問升學事宜。因那天外頭下著大雨，很多學生都坐在走廊上聊天。

第一大樓的一樓是導師辦公室，二樓是特別教室，所以學生很少，走廊也相當安靜。這時，河內聽到了一聲巨響，他停下腳步，注意到一旁的儲物室飄出一股味道。他把臉靠近門口的隙縫，一股Ω的費洛蒙味直撲腦門，他從未聞過這種味道，濃烈到令人頭暈。

看來儲藏室裡有人正在發情。河內第一次發情是在家中，當然也有人第一次發情是在學校。

α與Ω的比例大約為一百比一，這間高中約有七百名學生，以人數比例計算，全校應該有七名左右的Ω。學校不會公布名單，以防Ω成為霸凌的對象，所以本人也不會主動承認。屬性結果出爐後，衛教課程就會教導Ω發情方面的相關知識，像是應特別注意第一次的發情期，只要感到身體不適，就要立刻前往保健室，又或是躲到沒有人的地方再設法求助，千萬不可逞強，否則很容易發生「非自願性愛」或遭到性侵。

儲藏室裡的味道愈來愈濃烈，不難猜想，那個人現在應該是苦不堪言。河內本想去請校醫過來，但保健室位於第二大樓，來回需要一點時間。他平常都會隨身攜帶阻化劑，這是媽媽要他帶的。以前河內覺得這是多此一舉，因為他控制得很好，發情期也很穩定，但媽媽還是以「保險起見」為由，強迫他把藥帶在身上。

這股味道讓河內想起自己第一次發情時的痛苦，那時他的身體有如火燒般炙熱，連呼吸都有困難，只想要盡快解脫。想必儲藏室裡的那個人現在也承受著相同的折磨，河內決定要用自己的藥幫助他。

他用力打開儲藏室的門，裡頭又暗又小，空氣裡充滿了灰塵。濃烈的費洛蒙熏得河內頻頻作嘔，整個人相當難受。而且，裡面不只有費洛蒙的味道，還有一股腥味……。

「啊……啊啊啊……」

一陣有如貓叫的尖聲傳入河內耳中。只見毛玻璃窗的下方……有兩個光著下半身的人糾纏在一起。河內看傻了眼，他手中緊握著裝著阻化劑的藥盒，不知所措地呆站在原地。他們……在幹嘛？

一個人張開雙腿仰躺著，另一個人的屁股正對著河內，在那人的雙腿之間規律地抽動。

「啊……啊……啊……」

河內知道眼前的兩個人是在做愛，但大腦卻無法處理這樣的畫面。他們就像瘋了一般，河內都開門進來了，也完全沒有要停的意思，毫不避諱地繼續抽插。河內認出下方的男子是曾參加全國大賽的柔道社二年級生——吉野，他去年才在全校師生面前接受表揚。

然而此時此刻，身材壯碩的吉野卻被一個瘦瘦的男同學壓在身下，像女孩一般雙腿大開，嬌聲呻吟。

「啊……好棒……好舒服……」

吉野甩著光頭嬌喘，他的肛門正在流血，滿臉都是口水跟鼻水，但他卻對此毫不在意，彷彿在做夢一般瞇著雙眼，眼中盡是意亂情迷。

河內感到一陣作嘔，好噁心……好不舒服……好想吐。

「喂！你們在幹嘛！」

一名體育老師推開河內、衝進了儲藏室。河內手中的藥盒應聲落地，藥也灑了出來。

體育老師想把上方那個身材削瘦的男同學拉開，那名同學的體重應該不到老師的一半，卻一把就將老師推開。

「靠……這傢伙智昏了……」體育老師咒罵道。

有些α遇到發情的Ω時，會陷入一種名為「智昏」的狂暴狀態，甚至能發揮出比平常大上好幾倍的力氣。

照理來說，像吉野這種體格，不用三兩下就能將那名男同學摔出去，大概是因為對方已進入智昏狀態，才能壓得吉野動彈不得。照這情況……削瘦的男同學應該是α？

難道說……他是在強暴吉野？

一想到這裡，河內不禁背脊發涼，

「發生什麼事了？裡面在幹嘛？」

鬧出騷動後，學生紛紛聚集過來，一個個伸長了脖子往儲藏室裡看。

「他們真槍實彈搞Gay耶！也太噁了吧！」

聽到東西被踩碎的聲音，河內循聲看去，只見剛剛掉在地上的藥盒已被來看熱鬧的同學踩壞，阻化劑也被踩得粉碎。

「天吶！這是什麼鬼味道啊……話說，那不是吉野嗎？他那麼大隻居然是Ω？真是糟透了！」

真的是糟透了……明知如此，河內卻無法移開視線，因為他彷彿在吉野身上看到了自己的影子。

如果Ω不好好處理發情，就會落得這種下場，就連吉野這種人高馬大的柔道高手，也會被男人死死壓在身下無法抵抗。

此時的吉野身上已不剩半點男性尊嚴，不要……我不要……我絕對不要！

我死也不要跟男人做愛，我不想被插肛門，不想在大家面前像個女孩一樣嬌喘連連！

隔壁的同學看得哈哈大笑。

「欸，他的腰動得也太猛了吧！好像狗在交配喔！那個柔道社的人會不會懷孕啊？」

所有人都盯著他們、嘲笑他們、侮辱他們，但他們卻宛如身處無人之境，繼續進行醜陋的性愛。之後數學跟現代國文老師也趕了過來，跟體育老師三人合力將壓著吉野的男同學拉開。他的陰莖上面沾滿了血，被拉開後依然呈現勃起狀態。吉野則是雙腿大開，露出滿是鮮血的胯下，一臉呆滯地看著天花板。他的陰莖跟那個男同學一樣是勃起的，而且還在顫動。

「喂！你還好嗎？」老師對吉野問道，然而他卻毫無反應。

此時數學老師大喊：「他的後頸被咬了！」之後，體育老師將儲藏室的門關起來，有如趕蒼蠅一般，一臉凶惡地將看熱鬧的學生全數趕走，結束了這場鬧劇。

河內將被踩碎的藥盒和阻化劑掃進手中後，便回到了教室。那天並沒有很冷，他卻在教室裡瑟瑟發抖。

「我不要變成那樣……我絕對不要落得那樣悽慘的下場，不要，絕對不要！」

這時，河內突然感到手掌一陣刺痛，急忙鬆開拳頭，才發現剛才撿起的藥盒碎片刺進了手掌，傷口不斷滲出鮮血。

有Ω同學在學校發情甚至被α強暴的事，很快就傳遍了整個校園。不少人都很同情吉野，那是他第一次發情，雖然他早知道自己是Ω，但因為疏於準備，所以才會遭人強暴。那天以後，吉野就沒來上學了，之後他辦了轉學手續，名字也自此從校園中消失。

在親眼見到Ω被α強暴的慘況後，河內變得比以前更為警戒。他隨時將阻化劑帶在身上，以免遇到什麼意外時無藥可吃，引來別人強暴自己。雖然發生的機率很低，但他的內心對此充滿了恐懼。這份不安已然滲透至他的潛意識之中，他常夢到自己像吉野一樣被「不認識的人」強暴，而在半夜驚醒。

不過，河內的發情狀況控制得非常好。Ω的發情阻化劑有很多種類，河內跟媽媽一樣，都是吃藥效最弱的NXb5即可完全控制。他屬於非常稀有的

「輕症發情」，大二那年，二十歲的河內在主治醫生的請託下接受了精密檢查，希望能從他身上發現什麼特殊療法。但最後檢查結果顯示，他的體質與常人無異。

當時主治醫生告訴河內，國外也有一群輕症發情的Ω，有研究報告指出，這種Ω只要在三十五歲前不要性交……不要將性器插入直腸或陰道，就永遠不會再發情。

「你也許就是這種體質。」

這句話改變了河內的命運，讓他看見了一絲光芒。

一般來說，Ω是無法單靠阻化劑控制發情的，長期服藥一定會產生副作用，要他們幾年不性交更是不可能的任務。也因為這個原因，政府鼓勵Ω於二十五歲前與α或β結為伴侶。

Ω有坦承屬性的義務，河內如實向公司申告身分。不過，因為他靠藥物就能控制得很好，不但完全沒有副作用，也從未因為發情而請假，所以大多同事都不知道河內是Ω。

男性Ω要解除發情，必須讓α或β將陰莖插入自己的直腸，而非跟女人性交。也就是說，性交的對象一定得是男人，如果不願跟男人上床，就只能一輩子依賴藥物。雖說藥效很輕，但吃一輩子難保不會有副作用。除了健康問題，Ω還有很高的機率會遺傳給下一代，所以女性一般都不願意嫁給Ω，就算同是Ω的女性也一樣。也因為這個原因，河內早已做好單身一輩子的心理準備。

當聽到醫生說他可以停止發情時，河內的未來終於有了希望。雖然發情對他的生活影響不大，但至少不用煩惱副作用的問題，也不用擔心被男人強暴，過上「一般男人」的普通生活，說不定還能讓他盼到一個願意跟Ω結婚生子的另類女生。

為了告別討人厭的發情期，河內立志在三十五歲前保持處男之身。他本來覺得自己在那之前都無法交女友了，但世事難預料，他在去年開始跟小他五歲的同事芹奈交往。

河內的下屬系井拿著一罐咖啡走進辦公室。系井的座位就在河內隔壁，他的穿衣品味很差，今天也打著一條水豚圖案的領帶，但他個性開朗，工作能力也很強。

「我身體舒服多了，所以就來上班囉。明天開始就要三連休了，我覺得請假對大家很不好意思。」

「你也太認真了吧！」糸井聳了聳肩，「但老實說，還好河內哥你有來，我正好有事要問你。你看一下這裡，B醫院的訂購數量是不是多了一位數啊？」然後把傳票攤開。

「哪裡？」河內探頭問道。他已在這間醫療機器廠商kawai公司的業務課待了十三年，目前已做到主任的職位。

「喔，是這個數字沒錯。這家醫院是專門做泌尿手術的，這個器材每次都訂爆多。」

「原來如此，謝謝。」糸井抓了抓頭。

收傳票時，糸井的手肘不小心撞到放在桌邊的易開罐咖啡，他還來不及反應，咖啡就滾到了河內的辦公桌下。

「拜託你小心一點……」河內彎下身撿起腳邊的咖啡，將咖啡放回桌上，「還好你還沒開，不然可就慘了。」

「抱歉。」

糸井向河內點頭致歉後，雙手緊緊握住咖啡，盯著河內看了好一陣子。

「你幹嘛啦，還有事要問我嗎？」

「沒有啦……我從以前就覺得，河內哥你的體格真不錯，看上去瘦瘦的，但其實滿壯的吧？」

「有嗎？我只有在家做重訓而已。」

河內舉起右手，秀出手臂上的肌肉，糸井摸了幾下後叫道：「好大！」

「平平都是坐辦公室的人，你怎麼能壯成這樣啊？」

「因為我有好好鍛煉啊，要不要我傳授你重訓秘訣？虐待肌肉可是很有趣的唷！」

「咦？不用了不用了！我可不想被操死。」

河內被糸井「皮皮挫」的模樣逗得哈哈大笑。他之所以開始健身，是為了保護自己不受男人襲擊，沒想到卻練出了興趣來。他有一套自己的獨門練法，雖然沒上健身房，卻練出了一身自豪的肌肉。

河內轉回電腦前，點開工作的資料夾。

有那麼一瞬間，電腦畫面看上去好像有點歪斜，但下一秒又立刻恢復正常。他原本以為是錯覺，然而幾分鐘後，又出現了同樣的狀況。他的身體還沒完全康復，而這種眼前扭曲的感覺，很像藥效快退時會出現的症狀。雖然已經特地來到公司，但如果再這樣不舒服下去，他還是得早退回家休息。

河內起身走出部門，來到七樓自動販賣機旁的吸菸室。kawai公司大樓共有十五層樓，但只有七樓有吸菸室。自從禁菸的呼聲愈來愈高，吸菸者已是大幅減少，但公司裡還是有少數人抽菸。

以前河內很討厭菸味。

他還在讀大學時，有次參加系上小組的慶功聚餐，席間對面的同學突然問大家：「你們有聞到費洛蒙的味道嗎？」

當下河內只感到背脊發涼，因為對方是在座唯一的α，他則是唯一的Ω，其他人全是β。其他同學不以為然，直說那名同學聞錯了，但對方似乎還是聞得到，席間不斷露出疑惑的表情。

這是河內唯一一次被別人聞到發情的味道，從那次之後，他便開始抽菸，試圖用菸味蓋住費洛蒙的氣味，沒想到最後竟吸上癮了，就跟重訓一樣。但因為芹奈不喜歡菸味，河內決定停止發情後就戒菸，算上今天，他也只剩四天能抽菸了。

吸菸室裡只有河內一個人，他刻意慢條斯理地抽著濃菸，希望能藉此達到「除臭」和放鬆的效果。

這時，一名男子走進了吸菸室，見河內在裡面，便對他說了聲「你好」。那人是業務部的犬飼貴廣，是個二十七歲的α，也是業務部的菁英，傳言他近期就會升職調到總公司去。

一般的業務菁英都很強勢，但犬飼身上卻沒有半點強人所難的氣息，他的身材高䠷，五官端正，頭髮和眼珠的顏色偏淡，臉蛋小巧精緻，皮膚也很白。河內從以前就覺得他看起來不太像日本人，後來才聽說他的祖父是挪威人，有四分之一的挪威血統。犬飼個性沉穩，衝起業績卻毫不手軟，完全沒有辜負他α的身分。kawai並非家族企業，像犬飼這麼優秀的菁英，未來很有可能成為公司的總裁。

「對了，」犬飼向河內搭話，「河內先生，明年公司要新組團隊進軍海外，你好像是也在名單上喔！」

「我？不會吧？」

「大概是因為研發跟業務成員都很年輕，公司想讓可靠的事務老手擔任彙整工作，而且依慣例，往年都會加入分公司的成員，而河內先生的英文又很好。」

「喔……是喔……」

雖說河內的發情期控制得很好，但他早已做好心理準備，自己終究是Ω，公司很難讓他擔任比現在更高的職位。因此，河內很高興自己入選大型企畫，若企畫成功，他說不定就能升職加薪。他預計明年就要跟芹奈結婚，也打算生小孩，所以很需要多賺點錢。

突然之間，河內感到一陣暈眩，眼前又開始扭曲，犬飼的臉變得歪七扭八的。

糟糕……河內低下頭，做了幾次深呼吸，這才稍微緩和了下來。

今天實在不該來上班的，可是明天開始就要連休三天了，得把工作做完……工作……

河內抬起頭，正好和犬飼對上了眼。只見犬飼面紅耳赤，深鎖著眉頭、一臉猙獰地瞪著他。

他是在生氣嗎？我是不是說了什麼不該說的話？

「……河內先生，你是不是發情了？」

犬飼手中的香菸掉在了地上，他趕緊把香菸撿起，摁熄在菸灰缸中。犬飼察覺到自己的失態，按了按太陽穴，嘆了一口氣。

「以前我也聞過你發情的味道，但今天特別濃烈，濃到連β都聞得到的程度。」

「以……以前？我有這麼臭嗎？」

犬飼搖搖頭。

「我想公司裡的α大概只有我聞得到，但你今天的費洛蒙比平常濃很多，你有吃阻化劑嗎？」

「哇，對不起！」

河內急忙離開吸菸室，三步併兩步衝進了廁所隔間。他顫抖著雙手拿出藥盒，吞了一顆阻化劑。這是今天的第二顆了，他從來沒有在這麼短的時間內連吃兩顆過。

「不會有事的……」他不斷安慰自己，等等費洛蒙就會淡掉，就像平常那樣。

河內托著下巴坐在馬桶蓋上，靜靜等待費洛蒙褪去。犬飼會聞到他的味道也是無可厚非，因為他是α，而且還可能是……他的命定配對對象。

五年前犬飼剛進公司時，雖然兩人不同部門，河內還是注意到了這個全身散發出濃烈香味的男人。那是一股香甜又充滿魅惑的味道，雖然很適合犬飼，但不禁讓人感覺他有點臭屁，年紀輕輕居然擦這種香水。

犬飼很受女性歡迎，業務課有個女同事被他迷得如癡如醉。有次河內跟那名女同事聊到：「犬飼身上很香，走到哪裡都聞得到。」沒想到女同事卻一臉狐疑地說：「有嗎？」

「他應該有擦香水吧？身上有一股甜甜的香水味。」

「沒有啊，要靠他很近才能聞到一股清爽的肥皂香，平常在走廊上是聞不到的。」

這個回答倒讓河內糊塗了，他之後又隨意問了幾個同事，但大家似乎都沒聞到。

河內覺得很奇怪，但他跟犬飼沒什麼交集，香味又不是什麼重要的事，所以並未特別去求證。

犬飼進公司約五個月後，負責帶他的業務人員打錯訂單數量，就連幫忙核定傳票的河內也得附上連帶責任。因那名業務之前就犯過類似的錯誤，所以河內在出單前也再三向他確認過數量，是對方一再保證數量沒錯，才會釀此大禍。但事已至此，公司還是要求那名出包的業務、下屬犬飼還有河內一起去醫院向客戶賠罪。

回到公司後，那名業務人員因為是再犯，被上級叫去數落了一頓，河內和犬飼則逃過一劫。

「你也辛苦了。」河內是真心同情這個被前輩拖下水的男人。

「我沒事喔！」犬飼滿面春風，身上散發出一股甜甜的香味，「河內先生出單前跟學長確認了好幾次，是學長自己粗心大意，真的對你很抱歉。」

犬飼的態度讓河內對他有所改觀，看來他不只是個愛擦香水的臭屁小子，還很懂得察言觀色，這傢伙果然是個菁英，應該是α吧……。

就在河內陷入思考時，犬飼突然客套地問道：「我可以跟您聊聊嗎？」

在那種天兵學長的底下工作，想必犬飼一定有很多怨言無處可說吧。

河內很想好好聽他訴苦，但因為今天突然被抓去向客戶賠罪，他還有工作沒有做完，便對犬飼說：「好啊，不過我只有三十分鐘喔。」

原本河內以為兩人要去公司裡的咖啡區，沒想到犬飼卻把他帶到了屋頂，這裡主要是用來舉辦空中啤酒花園或烤肉等特殊活動，四邊建有加高柵欄，從柵欄的縫隙可看見外面的大樓群。平常很少人上來，犬飼之所以選這裡，大概是不想讓人聽見他抱怨的內容吧。

「……不好意思，我有個問題想問你，希望你聽了不要生氣。」

犬飼雙頰通紅，雖然那天陽光相當強烈，但當時已進入九月，應該不會太熱才對。

「河內先生……你……你是Ω吧？」

聽到這句話，河內不禁心一涼。他有向公司申告自己的屬性，直屬上司和一些人也知道他Ω的身分。但這是很私密的事情，如果是值得信任的熟人就算了，但犬飼跟自己不同部門，兩人幾乎沒有說過話，他是怎麼知道這件事的？

「是沒錯……」

「我是α。」

河內很想問他「那又怎樣？」，他早就知道犬飼是α，分公司已經有三年沒有新的α員工了。當初犬飼進公司時，還因此引發了小騷動。沒錯，α在分公司就是這麼彌足珍貴。別看帶犬飼的業務人員個性粗心大意，他可是業務榜上的常勝軍。

聽說有α要進公司時，河內其實感到有些惋惜。雖說這間公司也不錯，但α應該可以選擇更優秀的公司才對。

「我第一次在公司看見你時就有這種感覺，心裡也一直有個疑慮……今天跟你出去過後，我終於確定了……你是我的『命定配對對象』。」犬飼紅著臉，呼吸顯得有些急促。

「啊？」河內忍不住回問，「命定配對對象……那只是民間傳說而已吧？」

「不是，是真的！我從以前鼻子就很靈，就連沒有發情的Ω我都聞得出來。河內先生，你身上有股我在其他Ω身上從未聞過的特殊氣味，為了搞清楚是怎麼一回事，我查了很多資料，然後在一本書上面看到，這種特殊氣味只有命定配對對象能聞到。」

河內這才想起，他一直覺得犬飼身上有股甜香，但他沒想到竟然是因為這樣。

據說α和Ω的配對是命中注定的。一旦碰到這種對象，無論對方是什麼性別、相差幾歲，都會在相遇的瞬間擦出激烈火花。這一點至今仍無科學方法可證明，只能靠本人主觀判斷。

「絕大多數的α和Ω一輩子都無法遇見命定對象，我能與河內先生相遇，簡直就是奇蹟。」

犬飼的雙眸閃閃發光，彷彿在期待河內的回應。然而，河內只是苦笑了兩聲。

「其實我也覺得你身上有一股奇妙的味道。如果真如你所說，你應該幻想破滅了吧？命中注定的對象竟然是我這種大叔，對不起喔。」

「別道歉，請你不要那樣想，我沒有特別希望對方是女生。只是，我真的很高興能遇見命定配對對象……」

河內雙手叉腰，長嘆了一口氣。

「我是覺得不用特別在意這件事情，既然絕大多數的人都不會遇見命定對象，就代表沒遇見也沒差吧？」

「可是……」犬飼欲言又止。

「你也不要因為命中注定，就覺得一定要跟我在一起。先說，我不喜歡男人，我無法跟男人上床，更別提生小孩了。如果真要成家，我只想跟女生結婚。」

犬飼沉默了一陣，問道：「你發情期的狀況還好嗎？」停了一下又說：「以前一個Ω朋友告訴我，Ω發情時很痛苦。」

「我控制得很好。我的發情症狀很輕微，只要好好吃藥，就能像今天一樣照常來上班。聽說像我這種體質的Ω，三十五歲過後就不會再發情了。」

「這樣啊……」

犬飼臉上的紅潮退去，說得準確一些，現在的他比較像是一臉鐵青。

「α有很多難為之處吧？一起加油吧！不過像我這種Ω也沒資格說別人就是了……」

「別那麼說。」犬飼搖搖頭。

「你要跟我聊的就是這些嗎？」

犬飼頷首。

「那我覺得你該回去工作了。」

這是河內第一次跟犬飼說那麼多話。兩人分屬不同部門，平常本來就很難見到面。

不過，自從那次在屋頂聊過之後，河內偶爾就會在吸菸室碰到犬飼。有次他對犬飼說：「我以為你不會抽菸。」

犬飼有些尷尬地回道：「我以前讀書時就有抽了，之前剛進公司不敢太高調，現在應該沒差了。」

犬飼抽的是女性偏愛的淡涼菸，有次還被一個老菸槍前輩調侃道：「你一個大男人怎麼抽這種菸啊？」他也只是用「有些客戶不喜歡菸味」這種藉口輕輕帶過。

犬飼雖然是α，但進公司的第一年，身上還是有股初生之犢的稚氣。如今不到三年的時間，他就登上王牌業務員的寶座。像犬飼這種帥氣又能幹的α，沒有理由不受歡迎。不只公司裡的女職員為他瘋狂，就連客戶那裡都有一群他的迷妹。一名女同事聽說河內會在吸菸室遇到犬飼，便拜託河內幫忙約他去聯誼。河內起初拒絕了，但對方三番兩次地懇求，只差沒下跪了。

河內於心不忍，只好硬著頭皮問了犬飼，卻被他一口回絕：「抱歉，我工作很忙，沒有心思談戀愛。」

犬飼平常會參加部門內部的慶功宴和聚餐，但從未參加過聯誼。因為他在這方面實在「太清白」了，有傳言說他可能是男同志，但一直沒有獲得證實。

河內非常擔心其他 α 和 β 聞到自己的發情費洛蒙，犬飼就算了，畢竟他可能是自己的命定配對對象。但如果濃到連其他人都聞得到，那可就不妙了，最慘甚至可能在公司遭人集體性侵。

不過，他已經吃了第二顆藥，應該不會失控到這種程度。現在他只求費洛蒙的味道快點淡去，這種味道根本就是公害，他不想在去醫院的路上散播公害。

第二顆阻化劑似乎奏效了，河內漸漸覺得身體沒那麼熱，也不會頭暈了。這種程度的味道應該沒問題了吧……河內鼓起勇氣走出男廁。大概是因為身體不舒服的關係，河內感到口乾舌燥，他決定先到走廊底的自動販賣機買個飲料再回辦公室。

走近自動販賣機時，一個聲音傳來：「妳真的打算跟河內先生結婚啊？」嚇得河內停下了腳步。

「嗯，對啊。」

是芹奈的聲音。自動販賣機旁邊設有長椅休息區，休息區外圍放有盆栽和隔板，不繞進去是看不到人的。

「河內先生人是很好沒錯，工作能力又強。但老實跟妳說……很多女同事都對河內先生有意思，但一聽說他是Ω，就打退堂鼓了。」

河內沒聽過這個人的聲音，聽起來不是芹奈他們會計部的人，應該是跟事務課沒交集的部門職員。

「雖然他很能幹，但Ω很難在公司往上爬吧？」

「我婚後打算繼續工作。而且河內哥說，他很快就會從Ω轉為β了。」

「真的假的？不可能吧？」女職員高聲說道，「Ω哪有可能變成β！」

「是真的。河內哥屬於輕症型的Ω，所以發情期也能照常上班。這種Ω好像過了三十五歲就不會再發情了，這樣就跟β一樣了不是嗎？」

「哎呦，醫學我不懂啦。可是啊，芹奈，妳可要想清楚，就算他真的變得跟β一樣，實際上還是Ω啊！你們的小孩有一半機率會是Ω，Ω有發情期，只能過上在社會底層游離的悲慘人生……」

「妳不要亂講話好嗎？」芹奈倖倖然地打斷對方，「妳那是偏見！我媽是Ω，我爸是β，但他們感情還是非常好。我姊也是Ω，但她還是遇到了命定配對對象，婚後過得超級幸福。河內哥是個精明能幹的溫柔好男人，我一點都不覺得他悲慘！」

一股暖流在河內的胸口擴散開來，他好想立刻衝進休息區、將芹奈緊緊擁入懷中，但最終還是強忍住衝動，默默離開了現場。

河內對芹奈的愛意彷彿就要從內心中滿溢出來，他早就知道芹奈對Ω很友善，但沒想到芹奈竟對他這種人給予毫無保留的信任。等他克服這道難關、發情期停止後，他一定要娶芹奈為妻，彌補母親一生的遺憾——建立一個夫妻雙全的幸福家庭。

從十七歲開始，發情期就一直是河內生活中的一部分。這可能是他人生最後一次發情，身體會這麼不舒服也是情有可原。他不想再逞強了，為了今後的生活，他決定今天讓自己好好休息，回辦公室關電腦、收東西，然後直接前往醫院。

「如果野中在辦公室……我再跟她好好解釋狀……」走到電梯前時，心臟突如其來的一震，打斷了河內的思緒。他知道那是什麼感覺……那是發情期特有的身體變化。這實在太奇怪了，他不是才剛吃完藥嗎？怎麼藥效這麼快就退了？

還來不及思考，河內全身開始冷汗直流，症狀變得愈來愈嚴重。

「叮！」的一聲，電梯的門開了，裡面的三名男職員同時皺起了眉頭。

「這……這是什麼臭味啊？」

其中一人捏住了鼻子。

「應該是Ω的費洛蒙吧？怎麼會有這個味道……？」

三人不約而同地望向電梯外的河內。其中一個五十幾歲的業務部員工指著他說：「……我記得你姓河內吧？你好像是……」

不等他說完，河內拔腿就跑。他衝進廁所，將剩下的三顆阻化劑全吞下肚。吃完藥後，心悸是好多了，身體內部卻依然有一股搔癢般的躁動感。此時此刻的河內就像抱著一顆不定時炸彈，不知身體何時會散發費洛蒙。

情況已經不是他能控制的了，他知道自己必須馬上前往醫院……卻提不起勇氣走出廁所。

一陣人聲傳來，有人走進廁所了。對方應該有……兩個人，其中一個應該是資材課的課長。

「你不覺得這間廁所很臭嗎？」另一個人突然說。

「有嗎？我沒聞到耶。」

「好像是Ω的費洛蒙……好久沒聞到這麼臭的Ω味了……」

河內不禁倒抽一口氣。

「是錯覺吧？怎麼可能會有社會人士在發情期來上班，那未免也太沒常識了吧？」

確定兩人走遠後，河內離開廁所，躲進了旁邊的會議室。那是一間專門用來開小型會議、不到四坪大的小房間。河內感到一陣天旋地轉，連站都站不穩。他沿著牆壁滑倒在地，心跳愈來愈快，體內有如火燒一般燥熱，呼吸急促到整個人喘不過氣來。

一般Ω遇到這種情況，就只能打電話向專科救護車求救。但河內把手機留在辦公室的包包裡，幸好會議室裡有內線電話，可以打電話給野中請她幫忙……。

電話就放在窗邊的桌上，明明就近在眼前，河內的膝蓋卻不斷發抖，連站起來的力氣都沒有。他想要爬過去，手肘卻使不上力。

「再這樣下去，難道我要死在這裡了嗎？」在恐懼的驅使下，河內好想大聲求救，卻只能發出弱如蚊吶的細聲。

有一定數量的案例顯示，有些Ω會因為發情沒有吃藥而死於痛苦的折磨中。新聞偶爾也會出現相關報導，以前河內不懂這些人在想什麼，怎麼會讓自己陷入這種絕境呢？發情期不吃藥不就等於自殺嗎？但他現在明白了，原來吃藥沒效竟會如此痛苦。

心臟傳來一陣又一陣地絞痛，斷斷續續的。那一次比一次強烈的痛楚，彷彿在為河內的死亡倒數計時似的。他好害怕，內心充滿了對死亡的恐懼，「我不想死……我不想死……我不想死……」

就在這時，門外傳來了兩下敲門聲。有人來了！救我！快來救我！……河內張開嘴巴卻發不出聲音。過了一會兒，對方又敲了兩下門。

「……河內先生，你在裡面吧？」

是犬飼的聲音。

「外面都是費洛蒙的味道，味道很濃，我是循著味道過來的。我已經把走廊的窗戶打開了，等等應該就會散掉……你還好嗎？需要我幫忙嗎？」

「拜託幫我叫救護車……」河內很想這樣說，但喉嚨起不了作用。他恨恨地敲了兩下地板，卻因為力氣太小，根本敲不出聲音。

「……該不會昏倒了吧？」

犬飼的聲音盡是不安，甚至有些顫抖。但其實，河內還有意識，只是全身無力，什麼話都說不出來。

「抱歉，我開門囉！」

犬飼用力推開門，衝進了會議室。那一瞬間，犬飼的味道直撲河內而來。那是河內從未聞過的、有如蜂蜜般的濃醇甜香……一股力量衝進了河內的下半身，讓他瞬間漲熱了起來。這……這是怎麼回事……？

犬飼用手帕摀住口鼻，跪在河內身旁問：「你還好嗎？」河內輕輕點頭回應。

「太好了，你還有意識！我馬上幫你叫專科救護車。」犬飼踉蹌起身，「我都已經把門打開了，費洛蒙還那麼濃……熏得我頭好昏，如果繼續待在這裡，恐怕連我也會昏倒。」

這時，會議室的門「砰！」的一聲關了起來。犬飼循聲看去，摀住口鼻的手帕也隨之掉落在地。

門關起來後，河內的味道瞬間充滿了整個會議室。犬飼用手摀住口鼻，往門口走了一步、兩步，然後突然停下腳步，緩緩轉向河內。他的表情跟平時判若兩人，兩頰泛紅、呼吸急促，雙眸有如盯著獵物的野獸般閃閃發光。看到犬飼不斷靠近自己，河內內心非常害怕，陰莖卻被他身上的香味刺激得頻頻顫抖。他的心噗通噗通地跳著，痛苦得幾乎無法呼吸，下體卻不斷漲大。

犬飼的雙眼已被血絲染紅，他的眼裡只看得見河內。河內本能地感受到，自己就要被強暴了！高中時在儲藏室裡強暴吉野的那個人，眼神就跟現在的犬飼一模一樣。

河內的腦海浮現出當時的情景。吉野光著下半身，雙腿大開，滿臉都是口水和鼻水，像個女孩般嬌喘著。「不要……我不要……我絕對不要！」河內就是因為不要變成那樣、為了擺脫發情期，才一直保持處男之身。只剩四天了……只要再四天，只要逃離現在這個窘境，他就可以當個普通人……。

「別……過……來……」

河內使出全身的力氣，卻勉強只能發出嘶啞聲。此時此刻他終於明白，為何連吉野那種柔道硬漢也無法逃離險境，因為無論把身體練得多壯，在這種狀態下都無力反抗。

但河內並未放棄，他想要爬進桌子底下，但突然有東西重重壓到了他的背上。犬飼的甜香瞬間將河內包覆住，嗆得他幾乎要咳出聲來。

「……你好香。」犬飼低聲呢喃，手直直往河內的西裝褲頭伸去。

「住……手……」

河內想要抵抗，手腳卻動彈不得。犬飼將他的褲子連著內褲一同拉下，河內的肌膚就這樣暴露在空氣之中。當犬飼撫摸他的臀部時，他感到背脊一陣發涼。完蛋了……我要被強暴了……不要……誰來救救我……拜託救救我……。

「犬……飼……不要……插進來……」

河內能感受到，犬飼正將他那又硬又熱的東西，頂在自己從未看過、甚至

很少摸過的那個地方。

他一鼓作氣地插了進來。

「嘶……」感受到強烈的異物感，河內不禁將身體後仰。

「嘶……啊啊……」

能發出……聲音了，呼吸也瞬間通暢了許多。

「好舒服……」

背後傳來有如嘆息般的低語。

「好爽，爽到我快死掉了……」

那東西在河內的體內激烈抽插。好痛……河內甚至痛到哭了出來。隨著身體不斷搖晃，他低頭看著地板。不可能……他不相信自己被男人強暴了，這應該只是場惡夢，只要再過四天，他就再也不用發情了……。

隨著激烈的抽插，河內的心絞痛和呼吸困難逐漸消失，被貫穿的劇痛也轉化為奇妙的刺激感。這種感覺在下半身不斷累積，原本軟趴趴的陰莖也隨之愈發漲大……這到底是怎麼回事？河內只覺得莫名其妙。

「不……不要。」河內呻吟道，「我討厭這樣……」

他扭動著身體，卻被再次用力貫穿。

「嘶……」

陰莖勃起後變得好敏感，碰到地板時好爽好舒服……為什麼會這樣？對方是個男人，而且這還是他的第一次，為什麼會這麼舒服呢？

「啊啊……」

河內被這個聲音嚇了一跳，這不是A片才會發出的聲音嗎？而且發出那聲音的不是別人，正是自己。他急忙用手臂塞住自己的嘴巴，卻被犬飼一把扯開，用力挺進。

「呀啊……」

「你好可愛。」犬飼在河內的背後說道。

犬飼每挺進一次，河內就發出各種嬌喘呻吟，他完全不敢相信那是自己發出的聲音。討厭……他不想要這麼舒服……不想沉醉在男人的侵犯之中……他不想……可是……

「啊……啊啊……」

性愛的快感有如電流一般在河內體內流竄。因為實在太舒服了，河內不僅流出了眼淚，還失禁了。他的頭腦已然麻痺，彷彿全世界只剩下自己，以及那個在肛門中抽插的東西。無所謂了，一切都無所謂了。

「嘶……呼……啊啊……」

為了尋求更多快感，河內情不自禁地扭起腰來。接觸到肌膚的地方火辣辣的，彷彿全身都化作了陰莖一般，舒服到了極點。他想要被撫摸、被抽插、尋求至高的歡愉！

「你……你們在做什麼？」一個聲音大叫道。

煩死了！滾開！別打擾我們！河內拿起犬飼放在他腰上的手，移到胯下處，放在自己抖動的陰莖上央求道：「幫我。」那聲音嬌媚到連他自己都覺得噁心。

「喂！河內！你怎麼會這樣！」

隱約之中，河內好像聽到野中的聲音。犬飼握著他的陰莖，不斷向他挺進。

「啊啊……好棒，好棒！那裡好爽！給我多一點！我還要！還要更多！」

在激烈的套弄下，一股快感從河內的腦門直衝腳底。

「啊啊啊……嗯嗯……啊啊啊……」

此時此刻，河內已經什麼都聽不見了，有如失了魂似地飄飄欲仙。他的眼前開始白化，那片白色世界無限擴展，將他遺留在原地……直到他放棄了僅有的意識。

雪從昨天開始便下下停停的，導致早上電車稍有延誤。一片暗淡的灰白色中，只見行人一個個綣起了身子，來來往往地走著。

河內坐在咖啡廳的吧台邊，看著窗外的景色發呆。犬飼匆匆經過窗邊，快步走入店裡。他走到河內的斜後方，邊調整呼吸邊說：「謝謝你聯絡我。」然後輕輕點了個頭。河內聞到他身上那股獨特的甜香，不禁背脊一涼。

「喔，沒有啦……我也是剛好看到你的訊息。公司那邊沒問題嗎？」

「我請了兩個小時的假。」

其實，犬飼大可以用跑業務的名義翹班……但他選擇據實以告，真不愧是正經魔人。

「我可以坐你旁邊嗎？」

「可以。」

「不好意思。」犬飼戰戰兢兢地坐下，彷彿河內是第一次見面的客戶似的。自那次在會議室做愛之後，這是他們第一次靠得這麼近。

……那一天，河內平時服用的阻化劑突然失效，導致費洛蒙大噴發、被犬飼強暴。

兩人的性交的場面，被會計部長和事務課主管野中見個正著。

會計部長將犬飼拉開後，便和野中一同抱起意識朦朧的河內，搭乘平常沒人使用的業務電梯下到一樓，然後從後門離開公司，將他送到醫院。當時河內在性交後費洛蒙已淡掉許多，所以身為α的野中和β的會計部長才沒有受到影響。因不想引起騷動，兩人是自行送河內到醫院，並沒有叫救護車。

河內性交到一半便不省人事，等他恢復意識時，人已躺在平時去的Ω專科醫院的病床上。主治醫生向野中和會計部長解釋了河內的狀況，說他平時發情都控制得非常好，只有這次壓不下來。醫生的話證明了河內的清白——他並非故意勾引犬飼，兩人的性愛是因為發情失控而引發的「意外事件」。野中和會計部長決定不對公司上報這件事，當天的事就只有他們跟兩位當事人知道而已。

河內的發情症狀已靠性愛解除，但他的肛門有強暴留下的傷口，再加上短時間內服用大量阻化劑可能會出現副作用，所以主治醫生建議他住院觀察幾天。

隔天犬飼來到醫院探病，護理師問河內是否要讓他進來病房，河內以身體不舒服為由拒絕，沒想到他過了一段時間又來了一次。河內心想，犬飼大概不見到自己是不會罷休的，一想到之後他可能還會一直過來，河內就覺得心煩。無奈之下，只好一了百了，這次就讓他進來。犬飼進到病房後就雙眼通紅，臉色鐵青。他低著頭，全身微微顫抖。

「真……真的很抱歉！我竟然對你做了這麼過分的事，我知道這不是道歉就能解決的！」

其實昨晚河內失眠了，他看著天花板，任憑絕望侵蝕自己的內心，一想到自己這一生都得活在發情期的陰影下，眼淚便忍不住落了下來。他的腦中不斷浮現出自己被強暴的片段，明明不願去回想，卻無法控制思緒，就連在放空時，也會突然浮現出那些畫面。每每想起這些，河內都會反胃嘔吐。他和高中同學吉野一樣，在別人面前毫無顧忌地與人做愛。他好恨這副身軀，為什麼連發情都控制不住？他覺得自己好丟臉……好醜陋……好想死。

還有犬飼……那時候他為什麼要進來會議室？雖然他進來是為了幫助河內，並無惡意，但就結局而言，卻將河內推入了地獄深淵。

原本河內決定，看到犬飼一定要狠狠教訓他一頓。然而，看著眼前這個渺小又徬徨的男人，他反而感到有些愧疚，想必犬飼也不想跟男人做愛吧。

「別擺出那種如喪考妣的表情嘛。」河內勉強擠出笑容。

犬飼微微抬起頭。

「我沒事。我才該跟你道歉，突然發情失控，給你添麻煩了。一切都是意外，我們就把這件事忘了吧。」

犬飼再度低下頭，右手緊握著左手手腕。

「一直以來，我都很耐得住Ω的費洛蒙，對自己的理智也很有信心。昨天門還開著的時候，我是忍得住的。但因為我把走廊的窗戶打開，風把門吹關了……在密閉空間裡直接吸入你的費洛蒙，我就失常了。我明知道不能那樣做、明知道應該要趕快離開會議室，卻無法控制自己……」

那些河內不願想起的畫面，又再度在腦海中甦醒。

「真的很對不起，你……你的身體還好嗎？」

看犬飼的眼神就知道，這句話並非客套問候，他是真心擔心河內。

「還好，我身體還滿強壯的。」

雖然肛門有點痛，但僅此而已。老實說，比起肉體的疼痛，他的心靈傷害要大多了。畢竟他在人前跟男人做愛……還親手葬送了消除發情期的大好機會。

「可以讓我補償你嗎？」犬飼一本正經地問道。

但覆水難收，無論犬飼如何補償，失去的機會也永遠回不來了，河內這輩子都得活在發情期的陰影之下。

「不用了。」

「可是……」

「說老實話，我只想趕快忘記這一切。」

犬飼露出僵硬的表情，咬著唇回道：「這……這樣啊。」

「……可以請你離開嗎？雖然不完全是你的錯，但一看到你的臉，我就會想到昨天的事。」

犬飼離開了，只剩河內一個人在病房裡。他在沒有避孕的情況下於發情期與α性交，很有可能已經懷孕了。這次發情期失控至此……如果以後又發生類似的情形該怎麼辦？要河內再次在人前性交，不如一刀殺了他比較快。上天為什麼要創造發情期？為什麼要讓男人可以懷孕呢？絕望與憤恨再度充滿河內的心，讓他面臨崩潰邊緣。

因沒有出現副作用，河內兩天便出院了。公司原本就連休三天，所以並未影響到工作，野中還特別幫河內把包包從公司送到醫院。

期間芹奈聯絡了河內好幾次，但他並沒有回覆，因為他不知道該說什麼、要如何向芹奈解釋這一切、要用什麼臉來面對她。

連假的最後一天晚上，芹奈來河內家找他。因芹奈沒有事先聯絡，所以河內無法假裝不在家，只能硬著頭皮開門。芹奈見到河內，先是有些疑惑地問：「你是不是瘦了？」然後微笑道：「不過你比我想像中的有精神，太好了。」

「我看你前幾天身體不太舒服，所以不敢來打擾你。但我實在太想你了，所以就飛奔來見你了。」

芹奈手上提著一個小小的蛋糕盒。

「我想要與你共度這個新生的時刻。」

不行……他得向芹奈坦白，被男人強暴的事就不說了，但至少也得告訴她自己錯失了停止發情的機會。休假期間他不斷思考，該如何把那天的事告訴等了自己一年半的芹奈，但最後還是想不到說詞，又沒做好心理準備，所以什麼都說不出口。

芹奈本想在河內三十五歲生日那天與他結合，若非那場意外，河內也是這麼打算的。但事已至此，他只能在無法坦白的情況下過完生日，順其自然地與芹奈鑽進被窩。他很想忘卻一切，讓芹奈療癒自己的心靈，但無論怎麼努力，還是無法展現男性雄風。

河內騙芹奈說，自己是因為身體剛出現變化，所以還無法控制自如，希望她能再給他一些時間。芹奈並未出言挖苦，欣然接受了河內的「無能」。

河內偶爾會在公司遇到犬飼，有時還必須交談。每每犬飼來到身邊，他一聞到那股甜香，就會回想起那天發生的事，覺得反胃想吐。大概是因為河內要求犬飼「忘了那件事」，所以後來即使兩人獨處，犬飼也沒有舊事重提。

被強暴約一個半月後，河內注意到發情期來遲了。這半年來，他的發情期一直很不穩定，發情期間也比較長，但從來沒有間隔這麼久過。河內左思右想，覺得自己應該是停止發情了。畢竟他是在三十五歲生日的四天前才發生那樣的事……說不定上天不會跟他計較那四天。這讓河內心中再次燃起了希望，只要沒了發情期，他就可以變得幾乎跟β一樣，然後依照約定跟芹奈結婚了！接下來只要「遺忘」那個令他痛徹心扉的性侵事件，就可以抓住屬於自己的幸福。

第二個月，發情期還是沒來。還沒滿三個月，河內便非常確定自己的發情停止了。然而，當他去Ω專科做定期檢查時，卻迎來了最糟的結果。

「……懷孕……」

河內完全無法接受這個事實，忍不住又低喃了一次：「懷孕……」

「你是在跟我開玩笑嗎？」

年近六十的主治醫生眼中盡是憐憫，但還是堅定地對他說：「我是說真的。」

「河內先生，你懷孕了。Ω在發情期間與α性交，本有九成的機率會受孕，但因為你那次是初次性交，發情期的狀況也不是很穩定，再加上年齡問題，所以受孕的機率比較低，發情期也可能就此消失。不過，現在已確定你懷孕了，懷孕期間身體會暫停發情，直到生產過後一陣子，發情期才會再度報到。」

醫生又問：「你這陣子有沒有胸悶反胃、嘔吐等害喜症狀？」河內前陣子確實一直想吐，但他以為那是身體在轉變為β的過度症狀，看來是他太樂觀了。

聽到這個消息，河內只感到全身無力。他垂頭喪氣地看著地板，眼中盡是茫然。他不是沒想過懷孕的可能性，但他刻意不去想，也不願去想。他寧可相信自己是發情停止，即將迎向光明璀璨的未來。

「河內先生，我知道你很期待可以不再發情，但這次真的很遺憾。研究報告指出，有些人的發情期會在三十五歲前變得很不穩定，但從未有過像你這般嚴重的案例。或許是因為你平常的發情症狀特別輕微，所以反作用力才會這麼大。我知道那次性交並非你的本意，但男性Ω的子宮跟女性構造不同，沒有辦法做人工流產。」

這些河內都知道，國中時的健康教育都有教。

「因這次性交是一場『意外』，你可以選擇自己養，又或是交給政府，讓政府為孩子安排寄養家庭。」

這番話令河內感到天旋地轉，他連自己懷孕的事情都還無法接受，怎麼有辦法考慮孩子出生後的事。

「要自己養還是交給政府，你必須在產後三十天內做出決定。男性Ω的子宮為縱長型，長在靠近脊椎的地方，跟女性不同，所以整個孕程不會有太大的體型變化。」

診察結束後，河內全身無力到站不起來。主治醫生看他狀況不好，請他到另一間房間的床上躺著休息。醫生建議河內去接受專為男性Ω開設的性侵懷孕心理諮詢，但他以「現在還不需要」為由拒絕了。

因診療室就在隔壁，關上門後還是可以聽到主治醫生的聲音。河內的腦中一片空白，他呆呆地看著天花板，突然感到眼頭一陣濕熱，忍不住潸然淚下。

他回想起高中那間昏暗的儲藏室，當時吉野不僅遭人性侵，還被咬了脖子。河內一直以為，吉野轉學是因為無法在學校立足，但現在想想，他很有可能是懷孕了。那時的吉野，應該也跟現在的自己一樣絕望吧？噢不，吉野更慘，他還被強行配對了，但比較這個是沒有意義的。

被男人強暴使得河內自尊盡失，未來的規畫盡數破滅，人生瞬間黯然失色。發情期一直沒有來，他以為自己可以重新來過、擺脫發情期成為β，找回人生原有的色彩。然而「懷孕」二字，卻再度將他的世界刷成黑白色。河內用雙手摀住臉，卻止不住淚如雨下。他該如何是好？他有辦法跟芹奈說實話嗎？要怎麼跟芹奈說明懷孕的原委？他有勇氣說出自己被男人強暴的事嗎？

休息兩小時後，河內於下午離開了醫院。這天是上班日，他是特地請假來做檢查的，本以為上午結束下午就可以去上班，但此時此刻他已無心工作，也不想回家，只能毫無目的地在街上遊蕩。雪愈下愈大，河內也有點累了，便有如逃難一般，進到一家位於車站附近的咖啡廳。

懷孕、養小孩、跟芹奈之間的關係……面對接踵而來的問題，他不知如何是好，渾然不知該如何面對。就在這時，河內想起了隻身孤影的母親，他無法像媽媽一樣堅強，當時媽媽究竟是下了多大的決心，才決定獨自將他撫養長大呢？是因為她曾經深愛過那個男人嗎？但河內的孩子是性侵下的產物，而且還是令人作嘔的淫蕩性交……如果將這孩子生下來，不就等於證明自己做了對男性Ω而言，最為愚蠢的事嗎？

「真希望這孩子可以流掉……」這種念頭讓河內感到害怕。肚子裡的孩子並沒有錯，錯的是自己，他不該身體不舒服還逞強去上班，是他沒有做好發情期的控管，這都是他的責任。犬飼也沒有錯——這一點他其實很清楚，再明白不過了。但如果不怪罪犬飼，他恐怕會陷入自我厭惡的深淵，把自己逼到瘋掉。

河內緊緊握著手上的馬克杯，杯中的咖啡倒映出他的臉龐。他放任自己沉入混濁的思緒深淵當中，內心有如咖啡一般黑暗。看著杯子裡那張臉，他突然覺得好想死，到一個不會打擾到別人的地方，一個人靜靜地死去。這麼一來……就不用煩惱芹奈跟生養小孩的事了，也不會有人知道他被強暴懷孕的事，清白地結束這一生。

就在這時，桌子上的手機出現一則簡訊通知，這個時機已經夠差了，竟然還是犬飼傳來的。河內原本不想看，他不想看到那人的名字，但過了不到五分鐘的時間，一想到可能是要聯絡工作的事，他還是打開了簡訊。

「午安，聽部門同事說你今天請假去看醫生了，身體還好嗎？」

都是你的錯，全部都是你的錯！河內的負面情緒一觸即發，情緒化地回了「好個屁」三個字。犬飼馬上回：「我想當面跟你談談，你現在在哪？」河內根本不想見他，本想已讀不回，但犬飼又傳來：「請告訴我你現在在哪，我很擔心你，擔心到無心工作。」河內不想再跟他折騰下去，隨手打了「S站前的咖啡廳」就按下發送鍵。沒想到，那個男人竟在僅花了十五分鐘就趕了過來。

剛才一個人獨處時，河內簡直恨透了犬飼，然而，當犬飼真的來到自己面前，他心中的怨恨卻又煙消雲散。

「你身體還好嗎？」

犬飼一臉擔心地問。

「抱歉傳了奇怪的簡訊給你，我沒事。」

「是嗎……」犬飼露出狐疑的表情。河內刻意避開了他的眼神，無法對他那雙清澈的眸子說謊。

「那個……我想問你一個問題，請你不要生氣。這只是我的推測……你該不會懷孕了吧？」

犬飼毫不掩飾的問法震撼了河內的心。河內無法回答，他雙眼低垂，咬緊牙根，彷彿在掩飾波動的情緒一般笑了兩聲。

「哈哈……我怎麼可能……」

河內的聲音顫抖著，「懷孕」二字怎樣也說不出口，一股類似悲傷的情緒瞬間湧了上來，化作了喉間的嗚咽。他趕緊用手摀住嘴巴，不想讓別人看出他在哭，但一顆顆斗大的淚珠就這麼落了下來。

「你懷孕了對吧？」

看來事情是瞞不住了……河內又哈哈笑了兩聲，俯身用雙手抱住頭。

「發情期的著床率還真不是蓋的……嚇到我了。」

「這樣啊……」犬飼呢喃道。河內很慶幸犬飼沒有道歉，因為如果犬飼道歉，河內就只能原諒他，那太折磨人了。

「河內先生，把頭抬起來好嗎？」

「不要。」

此時此刻的他已是淚如雨下，表情非常難看。

「拜託你看著我。」

煩死了……怎麼那麼死纏爛打？河內用袖口擦了擦眼淚，抬起頭來。只見犬飼用一種認真到恐怖的眼神，直直瞅著自己。

「……我們結婚吧。」

「蛤？」河內半張著嘴巴，歪著頭問道。

「因為身體構造的關係，Ω男性懷孕就只能生產。你一個人帶孩子太辛苦了，這也是我的孩子，結婚是最自然的選擇。」

他的臉一本正經，不像是在開玩笑。

「那只是場意外，你沒必要做到這種地步。」

「可是你懷的是我的孩子。」

「是沒錯……但我沒想過要跟男人結婚，也無法想像跟男人結婚。而且我有喜歡的女孩子了，我很愛她，要結婚也是跟她結。」

犬飼「唔」了一聲，垂下了雙眸，兩人陷入沉默之中。犬飼是個正人君子，他應該只是為自己的行為負責而已。河內不反對同婚，但他是個直男，就算他是Ω、被人強暴懷上孩子……他還是想當個男人。

「她知道你的狀況嗎？」

犬飼打破了沉默。

「她知道我是Ω，而且願意為我生孩子。」

「我是問，她知道你懷孕的事嗎？」

「當然不知道，我也是剛剛才聽醫生說的。」

「如果你要養這個孩子，就必須跟她坦白。還是你打算什麼都不說，就把孩子送去寄養家庭？」

河內不想那麼做，他是被媽媽獨自撫養長大的孩子，拋棄小孩這種事他做不到。但如果要養，就必須告訴芹奈這一切，他要在什麼時機、用什麼方式告訴她？河內不想告訴芹奈這是誰的孩子，但她一定會追問這個問題。如果河內不肯說，芹奈會接受他嗎？她難道不會一氣之下分手嗎？一想到這裡，河內就害怕不已，他這輩子肯定無法再遇到像芹奈這麼溫柔體貼的女人了。他不想分手，不想被拋棄……

「河內先生，如果你要放棄這個孩子，可以把孩子交給我扶養嗎？」

河內詫異地看向犬飼，只見他一本正經，有如在發誓一般將手放在胸前。

「我是孩子的父親，應該有這個權利。」

「你就這麼想要小孩？」

「我很喜歡小孩，當然也想要撫養自己的孩子。」

「就算是你的小孩，也是你在Ω發情時失控製造出來的小孩。你不是單身嗎？你要怎麼跟父母交代？」

「這是我的人生，跟我父母沒有關係。」

犬飼的口氣中沒有一絲猶豫。但除非河內死掉，他是絕對不會把孩子交給犬飼的。小孩生了就要自己養，就像媽媽從小獨自呵護他長大一樣。

外頭的雪下得更大了。預產期是九月三日，但河內完全無法想像，未來有什麼在等著他。

在沒有窗戶的簡陋病房中，河內躺在一張小床上，冷汗直流，全身發抖。他穿著下空式的病人服，肛門裡用皮帶塞著一根人造陰莖。為了不讓河內擅自拿掉，院方將皮帶緊緊捆在他的腰部和大腿上。肛門裡的硬物不斷震動，攪弄著河內的甬道。河內非常痛苦，中途還嘔吐了一次。但他必須忍耐，因為一旦拿出來便前功盡棄，必須重頭來過一次。

長時間保持同樣姿勢實在太不舒服了，河內試著將膝蓋屈起。然而，隨著身體的角度變化，攪弄的地方也跟著改變，這讓他難受得哭了出來。他已經搞不清這是人造陰莖造成的不適，還是發情期的症狀了。

這樣的狀態還要持續兩小時，若不想點別的事情讓自己分心，他肯定撐不下去。這間病房雖然簡陋，但床邊放了一套桌椅，牆上也貼著一張月曆。今天是十一月二十七日……這讓河內想起，他就是在去年的這一天被犬飼強暴的。面對這糟糕的巧合，此時的他除了乾笑，真不知該作何反應。

九月八日，河內生下了孩子。原來男人孕期不會凸肚是真的，一直到臨盆前，都沒人發現河內懷孕。為了請產假，他於四個月時把自己懷孕的事情告訴了野中。野中是目睹那齣意外現場的人之一，她嘆了一口氣說：「我擔心的事情還是成真了。」最後，公司批准了河內三個月的產假，對同仁的說詞則是「河內舊疾復發需要動手術」。

河內並未向芹奈坦白懷孕的事，因為不知道該在什麼時機說出口，只能任憑猶豫與恐懼不斷拖延。日子一天一天過去，河內既沒有去見芹奈的父母，也沒有跟芹奈討論宴客和登記結婚的日子。因為無法勃起，他們一直沒有發生關係，就連耐心過人的芹奈也感到有些焦慮，而這一切河內都看在眼裡。

問過醫生後，才知道有些男性Ω懷孕後會出現性慾嚴重衰退的情況，生產完後就會復原，而河內應該就屬於這種類型。他從以前性慾就不是很強，發情也屬於輕症。但他實在無法告訴芹奈自己是因為懷孕所以硬不起來，只能不斷對她撒謊，說自己是因為發情期停止、賀爾蒙分泌失調才無法勃起，之後就會慢慢康復。

七個月時，芹奈發現了河內懷孕的事。當時河內不舒服了整整兩天，還因為發燒而去Ω專科看診。一般遇到這種狀況，河內都是吃成藥解決，但因為懷有身孕，怕吃成藥會影響到肚子裡的小孩，所以才特地去醫院一趟。醫生診斷河內是夏季感冒，並幫他開了藥。河內看完醫生後已是筋疲力盡，回到家便倒頭就睡。

河內去醫院前有跟芹奈聯絡，說自己身體不舒服要去看醫生。芹奈因為擔心河內，下班後便直奔河內家，用備用鑰匙開了門，然後……就看到放在桌上的感冒藥和母子手冊。

河內醒來時已是晚上，他走到客廳，發現桌上放著一袋不是他買的食材，袋子旁還放著母子手冊。他的腦中一片空白，因為他瞬間明白，芹奈一定看到手冊了……他不想讓芹奈用這種形式得知這個消息，也知道自己應該要當面跟她說清楚，但他沒有勇氣跟芹奈聯絡。

以前他們無論多忙，每天都一定會說說話。但那天後，芹奈已有整整三天沒有跟河內聯絡。河內拿著手機，看著芹奈的聯絡方式，卻始終沒有按下螢幕。

感冒痊癒後，河內回到公司上班，在走廊上看到迎面走來的芹奈。兩人四目交接的那一瞬間，芹奈刻意走到了同事的身後，彷彿在躲著河內似的。河內為此大受打擊，因為這是芹奈第一次如此露骨地避開他，這讓他無法專心工作，成了坐在電腦前的擺飾品。直到芹奈跟河內聯絡，說希望能跟他談談，河內才稍微打起了精神。兩人下班後約在一間咖啡廳見面，平常總是無話不聊的他們，這天卻相視無語。過了約莫十分鐘，芹奈才終於打破沉默問道：「河內哥，你懷孕了是嗎？」

「嗯……對。」

母子手冊上寫著河內的名字，還貼著孩子的超音波照片，河內無從狡辯。

「好……」芹奈的聲音有些嘶啞，「……那我們分手吧。」

河內身體一震，這是他最擔心害怕的事。而提出分手的芹奈，此時已是淚眼盈眶。

「……河內哥，你一直推託不願見我父母……我早就發現你怪怪的。我一直在等你，但如果你已經愛上了別人，那我願意退出，放手祝你們幸福。」

「不、不是那樣的。」河內激動地向前傾，「不是妳想的那樣……」

芹奈伸手拭淚。

「只要我退出，你就可以跟那個人在一起了。河內哥，我真的很愛你，我肯定比那個人更早愛上你……」

「芹、芹奈，我也很愛妳！我想要跟妳一起追求幸福。」

芹奈的嘴巴微微扭曲。

「那你肚子裡的孩子怎麼辦？」

「我們可以一起扶養這個孩……」河內不小心說出了藏在心底的願望。

芹奈瞪了河內一眼，緊緊咬著下唇。

「你要我跟你一起養？那我問你，這個孩子是誰的？」

河內說不出口……雖然那只是一場不幸的意外，但他還是無法告訴芹奈，孩子的爸爸就是同公司的犬飼……他說不出口，也不願說出口。

「……我做不到。」

芹奈的表情有如雪崩一般潰落。

「我做不到！我做不到！……河內哥，我真的做不到……」

芹奈用雙手摀住臉，她哭了。芹奈的淚水讓河內意識到自己的行為有多麼自私，男友不願與自己上床，卻懷了別人的小孩，還要求自己扶養別人的孩子……這對芹奈而言，是多麼殘酷的事啊。

面對哭泣的芹奈，河內什麼都沒有說，其實他很想求芹奈「別丟下我……我不想分手」，但他很清楚，這麼說只會加深芹奈的痛苦，他不想再傷害芹奈。

與深愛的戀人分手後，河內的心有如破了一個洞般地空虛。工作是應付得來，整體生活卻很沒現實感。他懶得跟別人說話，又不想孤單一人，所以每天下班後就泡在電影院裡，沒有新片就重複看舊電影。

有天，河內收到犬飼的訊息：「最近有空嗎？要不要一起去吃個飯？」他不知道犬飼約他有何用意，本想回訊拒絕，卻不小心忘了這回事。一週後，河內一個人看完電影，在大廳遇到了犬飼。

「晚安，好巧喔。」犬飼文質彬彬地說，「你吃晚餐了嗎？要不要一起去吃個飯？」但河內覺得自己跟他無話可說，也不想跟他待在一起，只說了一句「我累了」便匆匆離開。

與芹奈分手的打擊實在太大了，河內對身邊事物顯得興趣缺缺，也沒有關心肚子裡那個正在長大的小東西。即便事情已發展到這個地步，他還是不願面對自己懷孕的事實，甚至沒注意到預產期已近。

這天，河內下班後一如往常去看電影。在搭電車回家的路上，他突然有一種漏尿的感覺，往胯下一看，發現自己的褲襠已經濕透，腳邊還流了一灘水。他急忙下了電車，心裡覺得奇怪，沒有尿意怎麼會漏尿呢？後來才意識到自己應該是羊水破了，便立刻搭計程車前往醫院。

河內生了一個男孩。

「恭喜你。」護理師向河內道賀，但生完小孩的他已是筋疲力盡，心中沒有半點喜悅或感動。

不過，想到自己是這孩子唯一的依靠，河內也慢慢有了為人父母的自覺。寶寶皮膚白皙，五官端正，真要說的話，其實長得比較像犬飼。河內還沒幫寶寶取名字，左思右想，他決定沿用母親名字中的「優」字，將孩子取單名「優」。

生產完兩天後，河內收到犬飼的簡訊：「聽事務課的同事說你請了病假療養身體，我想去探望你，不知道何時方便呢？」想當然耳，犬飼很清楚河內是請產假，說要探病只是想要去看寶寶的藉口。但此時此刻，河內不想見任何人。

生產完一週後，河內帶著寶寶回到公寓住處。那天破水後，他便直接住院生產，家裡的垃圾來不及丟，整間屋子臭氣熏天。而且他沒有事先準備嬰兒用品，家裡連寶寶睡覺的棉被都沒有。

寶寶看上去好小好脆弱，河內好害怕自己會失手把寶寶「弄壞」。他每隔一個半小時就得餵母乳，晚上無法好好睡覺，洗澡時也不敢將寶寶獨自留在房間，只好把他帶到浴室外面、將門留一道細縫，花幾分鐘沖個戰鬥澡。

河內每天都在小優身邊晃來晃去，生怕他一不在小優就會哭。他無法放著小優外出購物，所以尿布快沒了也只能上網訂購。到貨前，河內用最後一片尿布撐了將近半天，害得小優屁股紅掉，這讓他感到非常自責。他很想請人幫忙照顧小優，就算是短短三十分鐘也好，卻不知道該拜託誰，畢竟沒有任何親戚知道他生孩子的消息。

河內在網路上買了體重計，一量才發現，小優的體重竟比出生時還輕。他急忙帶小優去醫院，醫生說小優是營養不足，建議除了餵母乳，還可幫小優添加配方奶粉。河內照做了，但小優似乎不喜歡配方奶粉，餵了也不肯喝。無奈之下，河內只好擠出母奶餵給他。

小優很可愛，雖然他是意外到來的孩子，河內還是覺得他非常可愛。自從生下小優後，河內每天都忙得不可開交，心情完全無法放鬆。他無時無刻都在照顧小優，根本沒有時間打掃，導致房間一天比一天亂。河內知道髒亂的環境對孩子有害，卻又騰不出時間整理，這種心有餘而力不足的生活讓他備感壓力。

出院一個月後，一個天氣晴朗的午後，河內陷入沉思，直到聽到小優的哭聲才回過神來。只見小優滿頭大汗，臉色發紅，不知道已經哭多久了。

「為什麼我會沒注意到小優在哭呢？難道這不是第一次了？」

那次之後，河內在照顧小優時經常發呆。聽到小優哭，他知道該去餵奶了，身體卻動彈不得。照顧小優的日子一天比一天辛苦，他睡不著，身體分泌不出母乳……而且尿布又沒了。即便再怎麼痛苦、肚子再怎麼餓，他還是得照顧小優。媽媽靠著自己的力量撫養河內長大，河內也想將小優教育成才，不要因為單親就受到低人一等的照顧。他得好好照顧小優……但是奇怪，奶也餵了，尿布也換了，小優為什麼就是哭個不停呢？

「叮咚！」門鈴響了，小優在哭，大概是網購的東西寄到了吧？是尿布嗎？不對，尿布昨天已經寄到了……小優還在哭，但河內不得不去簽收……只好踉踉蹌蹌走到門口、打開大門。

「……你好。」

來的並不是宅配人員。

「我聽說你在家裡休養，所以就來探病了。這個給你。」

犬飼將紙袋遞給河內，他今天沒有穿西裝，而是長袖襯衫跟淡色長褲。

「……你今天不用上班嗎？」

「今天是禮拜天。」

「啊，是……是喔。」

河內不出門又不看電視，早已不知道今天是何年何月。犬飼聽到房裡傳來哇哇大哭的聲音，便探頭探腦地往裡面看。

「你家現在有其他人嗎？」

「沒有。」

「那我可以進去嗎？」

「我家現在很亂……」

小優還在嚎啕大哭。河內這才想起，住院期間犬飼曾傳簡訊給他：「我想去探望你，不知道何時方便呢？」但他忘了回訊息。

「請問……我可以看一下寶寶嗎？」

因為是河內自己沒有回訊息，再加上犬飼已經來到家門口、不好趕他回去，只好讓他進來家裡。犬飼一進門就左顧右盼，這讓河內感到非常羞恥，犬飼肯定覺得他家很髒吧，一定覺得他是個失格的媽媽吧。

小優哭得像隻小貓一般，犬飼坐到小優身旁，對他說：「你好啊，怎麼在哭哭呢？」然後問河內：「我可以抱他嗎？」

河內答應後，犬飼一個順手便將小優抱了起來。

「你好可愛喔……」

犬飼露出憐愛的眼神，他摸了摸小優的頭、輕拍了幾下背，小優的哭聲便緩和了許多。

「他叫什麼名字？」

「優。」

「真是個好名字。」

見小優又快哭了，犬飼趕緊將他抱在懷中輕搖，拍拍他的背。有如奇蹟一般，小優馬上冷靜下來，安心地閉上雙眼。

「你好會哄小孩喔。」

「我哥有兩個小孩。」

河內一臉茫然地看著犬飼。自出院後，他已經很久沒有跟醫生以外的人說話了。

犬飼抱著小優，問道：「你跟別人一起住嗎？」

「沒有……」

「只有你跟寶寶兩個人嗎？」沒等河內回答，又說：「這樣帶小孩很辛苦吧？」

聽到這句話，河內竟然熱淚盈眶地哭了。這突如其來的淚水，把犬飼嚇得瞪大了眼睛。河內知道自己這樣很不正常，哪有人會因為一句慰勞的話就哭成這樣？但淚水就是不聽使喚。等河內哭了一陣、抬起頭後，犬飼對他說：「我帶你去看醫生，好嗎？」

「河內先生，你的臉色看起來很不好，雙頰消瘦，整個人都小了一圈。一個人帶小孩應該很累吧？我覺得你應該要休息一下。」

河內沒有力氣否認，任憑犬飼將他帶到醫院檢查。醫生診斷他有嚴重的營養不良問題，精神狀況也不是很穩定，最好住院觀察幾天。河內這才想到，他只顧著照顧小優，自己都忘了好好吃飯。

醫生建議河內跟小孩分開幾天，所以住院期間就由犬飼照顧小優。因犬飼要上班，白天是請他老家以前雇用的保母來幫忙。說老實話，現在河內狀況這麼差，與其將小優強留在身邊，倒不如交給愛子心切的犬飼，更能受到妥善的照顧。

住院後，河內久違地睡了個好覺。睡眠充足，人也有了食慾。因小優還是襁褓中的嬰兒，不適合一直帶出門，所以他們決定不帶小優來醫院，由犬飼在每天下班後，到病房給河內看小優的影片。河內身體好了許多，心情卻還是悶悶不樂，他覺得自己個是沒用的父母，連孩子都無法自己照顧。雖然醫生告訴河內：「第一次帶小孩當然會力不從心，你要放輕鬆，不要給自己那麼大的壓力。」但他還是不知道該怎麼放輕鬆。

於是，河內又失眠了，醫生給他開了安眠藥。出院前一晚，他因為安眠藥藥效太強，在病房裡摔了一跤，扭到了右手。在右手不能拿重物的情況下，河內無法照顧小優，只能在扭傷痊癒之前，繼續將小優交由犬飼看顧。

出院後，河內用單手將亂七八糟的家裡整理乾淨。他很想念小優，卻又因為小優不在家而感到放心。

小優還不知道是哪一種屬性，小優還那麼小，自己就因為育兒過勞而住院，實在太沒用了……河內不禁心想，如果讓小優跟著犬飼，會不會對小優比較好呢？像犬飼這種幹練的人，應該能把小優照顧得更好。

房間好久沒這麼整潔了。下午，河內一個人坐在窗邊發呆，一股感覺突然向他襲來。是發情期！因懷孕期間一直沒有發情，他差點就忘了還有這個東西，更糟糕的是，他身上沒有阻化劑。

河內急忙抓了錢包就衝出門，搭計程車前往Ω專科醫院。抵達醫院時，他已出現雙頰泛紅、呼吸困難等現象，醫生立刻開了阻化劑給他吃，症狀很快就緩和了下來。然而，在他等著要付錢時，那種發情特有的感覺又出現了。他著急地找到護理師，向對方說明狀況後再度就診。因輕效阻化劑對他已起不了效用，所以醫生安排他住院幾天，調整阻化劑的藥量。

醫生先是給他吃了劑量稍強的藥，但藥效只能維持三十分鐘；就連劑量最強的藥，也只能維持兩個小時。因一天不能吃太多藥，所以醫生改以打點滴的方式，但打到一半，河內就出現反胃嘔吐等副作用，只能無奈放棄。

河內被身體發熱、頭痛反胃等症狀折騰得意識不清。主治醫生告訴他，他已經轉變為無法用藥物控制發情的體質，現在只剩下「性交療法」可以選擇。

這種療法是用人造陰莖插進肛門中，模擬性愛的動作，花四個小時將沒有精子的精液注入直腸。河內毫不猶豫就選擇了性交療法，因為發情實在太痛苦，他已經管不了面子問題了。

人造陰莖在肛門中震動時，河內覺得羞恥到好想死。為了讓動作更逼近真實的性交，人造陰莖同時具有抽插和震動功能，不斷刺激著河內的甬道，讓他發出各種呻吟。好丟臉……他又不是自願當Ω的，為什麼要承受這種折磨呢？好難受……但如果現在不忍耐，之後只會更痛苦。

河內在治療期間吐了好幾次，好不容易撐過四小時的療程，終於能將人造陰莖抽出肛門。過程中他不斷哭泣忍耐，發情卻沒有因此結束，才過三個小時，症狀又故態復萌。

經過接二連三的治療後，河內精疲力盡地躺在床上。

主治醫生一臉嚴肅地告訴他：「你的狀況非常不妙。你本屬於輕症發情，只靠藥物就能控制的很好，但因為身體在發情停止前嚴重失控，再加上懷孕生子，導致體質出現很大的轉變。有國外的文獻指出，精子是發情期的最佳阻化劑，所以你只能使用含有精子的精液進行性交療法了。」

「可是……這樣會懷孕。」

「基本上，Ω只要與男性發生性行為即可解除發情期。但因為河內先生你並非同性戀者，所以我不斷在幫你尋找除了性行為以外的治療方法。就治療過程來看，你現階段只能使用含有精子的性交療法。這些精子是由β自願提供，著床率比α低，但無法完全排除懷孕的可能性。」

河內搖搖頭。

「我不要。」

斗大的淚珠順勢滑落。

「我不要，我不想再懷孕了。」

小孩很可愛沒錯，但那並不是河內自願生的。如果要他冒著懷孕的風險來擺脫發情的痛苦，他寧可選擇死，一了百了算了……因為就算平安渡過這次發情，還有下次、下下次，有無盡的痛苦在未來等著他……。

醫生鐵青著臉說：「你的意思是，不願意接受這種治療嗎？」河內點點頭。

「可是如果不進行治療，可能會造成生命危險，而且你的症狀比以前嚴重很多……」

「醫生……」河內喘著氣，抬頭看向醫生，「你說的我都知道，這些我都明白……」

醫生深深嘆了一口氣，「好，我會再幫你調整內服藥的劑量，但你別抱太大的希望……」然後又說：「我無法保證之後會發生什麼事，你可能會因為症狀惡化而死亡，趁你還能說話，多見見你想見的人吧。」

河內想見小優，想再看一次他那可愛的小臉。但不必了，小優不需要這種有缺陷的父母。反正就算他死了，犬飼也會好好照顧小優。像犬飼這種α……肯定能讓小優過上幸福快樂的日子。

此時此刻，河內只想早點解脫，只要他死了，就可以將所有煩惱拋諸腦後，不用再為Ω、發情期、小孩而苦了。

……這裡是地獄。河內彷彿置身於火海之中，光是呼吸都覺得喉嚨要被燒乾了，渾身有如針刺一般地火辣。痛苦有如大浪一般不斷襲來，然後在他快要承受不住時稍稍退去……一而再、再而三，反覆折磨著河內。

承受了好幾波熱浪後，灼熱與痛楚有如退潮般褪去，身體也因此輕鬆了許多。難受感消失後，取而代之的是一種莫名的歡愉。「我應該離開人世了吧……我終於死了，這裡是天堂吧？好舒服，真的好舒服……」河內整個人輕飄飄的，胯下竄入一股力量，全身上下充滿了幸福感。

河內緩緩睜開眼睛，印入眼簾的是木造天花板，還有燈……他認得那是醫院的天花板。他還活著？身體這麼舒服，應該是醫生開的阻化劑起作用了吧？身體……河內這才注意到，自己的身體在微微搖動，那個地方好漲好熱，整個人有如喝醉一般飄飄欲仙，身體卻熱呼呼的。他將手伸到胯下一摸，才發現自己的陰莖已然勃起，變得又大又硬。再往陰囊後方探去，一個東西把他的甬道撐得好大。人造陰莖的治療已經結束了不是嗎？這是什麼東西？正當他滿心疑惑時，那個硬物突然改變了角度，一股酥麻感竄至全身，讓他忍不住「啊」的一聲發出嬌吟。

一個黑影壓了上來，一隻手撫上河內的臉頰，他這才看清楚，壓上來的是犬飼。為什麼犬飼會在這裡……？現在已經晚上了嗎？犬飼下班都會來醫院看他，告訴他小優的近況。不對……那是上次住院的事了，他這次是因為發情而住院，他早已跟犬飼交代過，為避免兩人再次發生「意外」，不要來醫院看他。

只見河內身上一絲不掛，犬飼也解開襯衫露出半個胸膛。河內昏沉沉的腦袋好不容易才釐清眼前的狀況。

「你……為什麼……在……」

犬飼一語不發，用力挺進河內體內。

「啊啊……」

在犬飼的接連進攻下，河內不斷嬌聲喘息，「啊……嘶……」彷彿全身的毛孔都即將射精一般，舒爽到了極點。

「啊……啊……咿……」

一陣更激烈的抽插後，河內體內的硬物發出噗茲一聲，然後抽出他的身體。犬飼喘著大氣起身，陰莖上沾滿了黏液，卻不見保險套。而河內還未閉合的洞口，也流出了白濁黏稠的精液。

看到這個畫面，河內的腦中陷入一片黑暗。

「你……射……射進去了？」

犬飼沒有回答。

「你……內……內射了？」

「對，我射進去了。」

河內急急忙忙拿衛生紙擦拭下體，精液卻源源不絕地流出。他用手指拚命將精液挖出，「得快點……再不快點恐怕會懷孕。」他就是不想懷孕才拒絕治療的，這樣不就前功盡棄了嗎？怎麼會這樣？

「……我射了不只一次，你現在在發情，應該會懷孕。」

「媽的你搞什麼啊？」

河內再也受不了了，他想要下床，卻被犬飼一把抓起手臂，拉回自己的面前。突然，臉頰傳來一陣有如氣球爆破般的刺痛感，原來是犬飼甩了他一巴掌。沒待河內反應過來，犬飼又反手甩了他一巴掌，然後從背後把他壓住，將勃起的陰莖插進他尚未閉合的洞口。

「你就這麼不想跟我生小孩？」

犬飼沉聲問道。

「你寧願死，也不肯生我的小孩是嗎？」

「可是已經來不及了。」犬飼在河內耳邊笑了。

「你就給我乖乖懷孕，然後生下我的孩子。」

「我……我不要！」

「你不是想死嗎？既然你都要死了，我怎樣對待你有差嗎？」

接下來的，是有如暴風雨般的激烈抽插。河內被犬飼強按在床上，突然感到後頸一陣劇痛，他被咬了……河內簡直不敢相信，自己被犬飼強行配對了！

更糟的是，事已至此，河內還被犬飼插得快感連連。為了不讓自己發出嬌喘聲，河內將頭埋進床單中，卻被犬飼扯住頭髮一把抓起，把手指塞入他的口中，淫亂的喘息聲頓時響徹整間病房。

犬飼從背後、側邊、正面等各種角度進入他，連續在他體內射了好幾次。河內既害怕懷孕，又戒不掉這樣的歡愉，完全無法停止。他覺得自己的腦袋愈來愈不正常，即將面臨崩潰邊緣。

過了好久，犬飼才從河內體內抽離。恢復自由之身後，河內抱著雙腿靠在靠墊上，沉浸在快感的餘韻之中，犬飼則在對面一絲不掛地看著自己。河內就是不想被強暴，才叫犬飼不要來，不・要・來……。

「我已經跟你登記結婚了。」

剎那間，河內沒聽懂犬飼的意思。

「你現在性命垂危，如果不跟你成為法定配偶，就無法插手你的治療方式。成為配偶後，就可以用性愛幫你進行治療。」

「你……你又沒有經過我的同意。」

犬飼露出輕薄的笑容。

「是啊，我沒有經過你的同意就登記了，你不高興可以告我。但你都打算自殺了，嫁給男人又或是被男人上有差嗎？」

犬飼突然逼近河內，河內下意識地往後退，卻被靠墊擋住退路。犬飼伸出雙手，捏住河內的乳頭，一股電擊般的快感向河內襲來，乳頭也隨之噴出乳汁。

「你當媽媽了呢。」

「……你夠了沒！」

河內撥開犬飼的手，惹得犬飼大怒：「該生氣的人是我吧！」

「隨隨便便就尋死，你是要讓小優變成沒媽的孩子是嗎？」

河內低下頭無言以對。

「我是你的命定配對對象，可是你完全不把我當一回事……這就算了，因為我知道你對男人沒興趣；你懷上了我的孩子，這也算了，因為那並不是你自願的；你說你有喜歡的對象，不肯跟我結婚，我也忍下來了。可是沒想到，你竟然寧願放任自己去死，也不願意選擇我！」

「因為……」

「你要死是吧？好！既然你都不珍惜自己了，我要怎麼對待你都可以吧？那我就把你強制配對、讓你無法跟別人上床、強迫你幫我生幾十個孩子。」

好可怕……這個男人太可怕了。河內想逃跑，卻被犬飼死死壓在身下，犬飼身上的甜香讓河內的力氣盡失，舉起手臂卻無法抵抗。

一個硬物從背後插進河內體內。這是怎麼回事……怎麼這麼舒服？雖然之前也很舒服，但這次……卻是一種前所未有的歡愉。河內能感受到自己的甬道正微微顫抖，緊緊包覆住那個龐然巨物。犬飼拉起他的上半身，從背後搓揉他的胸部。那裡並非河內的敏感帶，但他全身都充滿了快感，就連手指、腳趾都感到一陣酥麻。

「啊……啊……」

兩人的腰部不斷扭動，犬飼用力捏住河內腫脹的乳頭，乳頭瞬間噴射出乳汁。

「住……住手……」河內掙扎。

「你看，」犬飼說，「這就是你的身體。這副身體是我的，為我生小孩，為我當媽媽。」

在犬飼的搓揉下，河內又開始分泌乳汁。犬飼舔了一口沾滿乳汁的手指，河內的雙腿間沾滿了犬飼的精液和自己的母乳，陰毛黏糊糊的。

「別再說你不想生小孩了。」犬飼的聲音在河內的身體裡迴響著，「不要討厭我……我是對你最好、最珍惜你的人。」

犬飼在他的耳邊低語道：「我愛你。」河內感到尾骨一陣酥麻，一轉過頭便跟犬飼四目相接，那是一雙美麗的淡色眼眸。

「……你終於願意看我了。」

犬飼毫無保留的告白，在河內的心中掀起了一陣漣漪。明明他已跟犬飼做

過這麼多淫蕩的事，此時此刻卻突然害羞了起來，急急忙忙地別過頭。

犬飼將河內翻過來，重重地壓在他的身上。他們開始接吻，彷彿要吻到天荒地老似的。犬飼的香味熏得河內發昏，他沿著河內的頸部一路往下吻去，咬住發脹的乳頭，使勁吸吮了起來。

「啊……」

這種搔癢般的酥麻感是什麼呢？是性慾嗎？此時此刻的河內已無法思考。

這陣子發生太多事情了，他還沒來得及消化和接受……但可以確定的是，在不久的將來，河內還要為犬飼生一個孩子。

青鳥2

犬飼貴廣原本是醫療機器廠商kawai分公司的業務人員，他在幫公司拓展了血液透析機器──「NHII-46」的新銷售通路後，升遷至總公司的業務部。來到總公司的第二週，犬飼便收到業務部香取課長榮升的消息。雖然他幾乎沒有跟香取互動過，但畢竟香取是他的直屬上司，所以還是去參加了慶祝餐會。

如今已進入七月下旬，梅雨季結束後溫度開始飆升，氣候相當悶熱，餐會席間不斷有人加點生啤酒。

犬飼坐在五公尺長桌的邊緣位置，與身邊的人談笑風生，但他已在心中默默決定今天不參加續攤了。這三天連續早出晚歸，回家時兒子都已經睡著了，這讓他心中滿是思念。因此，犬飼打算在這攤結束後看一下狀況，若氣氛不容早歸，他就得編個藉口……

「不好意思……」一個女聲打斷了犬飼的思考，犬飼轉頭一看，原來是公司的櫃檯人員蒲田。

平常見她都是穿著公司的制服、綁著馬尾，給人一種俐落低調的印象，今晚卻穿得相當華麗，不但衣服胸前有寶石點綴，還盤起了頭髮，肌膚看起來比平時更加晶瑩剔透。很明顯，這個人很清楚自己既年輕又漂亮。

「之前謝謝您的幫忙。」蒲田鞠躬說道。

前天，一名纖維廠商要進公司找職員開會，但疑似當初名字登記錯誤，導致蒲田查不到該名廠商的預約資料。正當蒲田不知所措時，犬飼正好跑完業務回到公司。因他在分公司見過那名廠商，便幫忙打給可能跟該廠商合作的部署，這才讓雙方順利見到面。

「不會，只是舉手之勞而已。」

這哪有什麼好道謝的，犬飼心想。因為他只打了一通電話就解決了，整個過程還不到三分鐘。

蒲田在犬飼後方的牆邊坐了下來，因地方窄小，她坐在那裡其實很擋路。

「犬飼先生，您是從山手分公司調過來的嗎？您認識木村先生嗎？他以前很照顧我喔！」

蒲田表面上是在打聽友人的近況，隨後便把話題轉到犬飼身上。看來，蒲田並沒有發現他手上戴著「那個東西」。

犬飼循著話題「哈哈」笑了兩聲，舉起自己的左手，秀出無名指上的戒指。蒲田目不轉睛地盯著戒指，臉上竟沒有一絲驚訝。犬飼心想，如果蒲田明知自己身邊有人還刻意靠近，那她就太差勁了。

「犬飼先生有女朋友了？」蒲田直言問道。

難道左手戴無名指有別的意思嗎？有的話他倒想聽聽看。

「我已經結婚了。」

犬飼露出誠懇的微笑。坐在犬飼旁邊、年過三十五的駒木主任聽到後失色大叫：「什麼？犬飼你結婚了？」旁邊的人被駒木的聲音嚇到，紛紛轉過頭來看發生了什麼事。

「是的，我已經有一個小孩了，太太肚子裡還懷著老二。」

「那分公司的人怎麼跟我說你單身……」

駒木晃著近乎肥胖的巨大身軀，一副摸不著頭緒的樣子。

「其實……」犬飼刻意垂下雙眼，「我們發現懷上孩子時，就立刻登記結婚了。但因為我太太在孕期搞壞了身體，好不容易才生下了孩子，所以一直沒有宴客，也沒有跟分公司的人報告。調到總公司時，因為要辦理保險，我已經跟行政那邊申告過了。」

這段話除了「登記結婚」、「有小孩」以外，都是犬飼捏造出來的，但只要別人不會起疑就好，應該不會有人那麼無聊去調查吧？

「是喔」、「原來是這樣」……駒木連連點頭，然後說：「其實我們家也是先有後婚。」坐在他隔壁的中年女職員唱和道：「駒木先生是個好爸爸喔！他常幫家裡顧小孩呢！」

「沒有啦……」駒木害羞地否認。雖然駒木這個人工作粗心大意，嗓門又大，但感覺很好相處。

「我是新手爸爸，以後有問題可以向您請教嗎？」犬飼很慶幸自己有個疼愛小孩的上司。

「可以啊！儘管問吧！」駒木一口答應了下來，一副樂於助人的模樣。

犬飼的第二個孩子即將出生，老大小優的幼稚園之後也經常會舉辦活動，他打算向駒木請教請假技巧，感覺駒木應該會幫忙掩護他。

蒲田一臉失望地看著兩個已婚男子的互動。犬飼不在意，他就是要用「小孩」、「結婚」，讓這些對自己有意思的人知難而退。犬飼不想花時間和精神在兩情不相悅的人身上，以前在分公司時就常有女生對他示好，但他都以「我有喜歡的人」為由拒絕了，反正他說的是事實。

「你老婆懷孕幾個月了？」

駒木一副興致勃勃的樣子。

「九個月了。」

「那不就快生了？很辛苦吧？」

一想到自己的伴侶——河內健太郎肚子裡的孩子，犬飼就掩不住笑意。

「我只求孩子平安出生就好，但如果可以選的話，我希望孩子長得像我的另一半。」

「為什麼啊？像你也很好啊！你那麼帥耶！」

「我……」犬飼摀住嘴巴，「我真的很愛我的另一半。」

犬飼說到一半就害羞了，但他還是忍不住說了出來，想讓所有人知道。

「所以我希望孩子能長得像他。雖說我們沒有問醫生孩子的性別，還不知道是男是女，但如果是女孩，我肯定捨不得她嫁出去……」

駒木聽完大笑，拍了拍犬飼的背說：「孩子都還沒出生，你就已經在擔心結婚的事啦？」

蒲田默默地消失了。都到這個地步了，她應該不會再繼續糾纏了吧？

聚餐從七點開始到九點多結束，有些人要參加續攤，有些人要直接回家，駒木屬於前者。犬飼對駒木說：「太晚回家我老婆會擔心。」駒木也大方回道：「老婆都快生了，你就早點回去吧！」有了上司的許可，犬飼也就順利脫身了。

從餐廳到車站約徒步十五分鐘的距離。雖然入夜後氣溫降低許多，但空氣中還是帶有濃濃的濕氣。脖子濕濕黏黏的，才走不久腋下就濕透了。

電車裡冷氣開得很強，一下就把身上的汗吹乾了。犬飼抓著吊環，用智慧型手機送出訊息：「我聚餐剛結束，現在要回家了。」但對方卻一直沒讀。是小優在哭鬧嗎？還是在哄小優睡覺呢？犬飼開始滑手機逛網站，約十分鐘後，手機響了，對方回了個「好」字。犬飼抓緊時機立刻回傳：「小優睡了嗎？」對方回：「快了。」犬飼又傳：「這兩、三天都沒辦法早點回家，回家時小優都睡了，我好難過。」然後送出一個貓咪低著頭的貼圖。見對方已讀不回，犬飼不禁有些後悔，難道是自己傳訊息傳得太勤、惹他討厭了？就在這時，手機畫面跳出一張照片。照片裡的小優低著頭，一副昏昏欲睡的模樣，看得犬飼心花怒放，只想趕快飛奔回家、磨蹭他的小臉蛋。

犬飼立刻回傳：「謝謝！好可愛喔！」

沒想到對方冷冰冰地回了三個字：「就這樣。」犬飼非常明白，這三個字的意思是：「我要哄小孩睡覺了」、「不要煩我」。他將小優的睡臉放大，仔細端詳了一番。小優長得很像犬飼，但鼻子比較像河內。他總是開心地笑著……可愛到近乎犯罪的地步。

雖然過程有些強人所難，但犬飼非常慶幸能與河內登記結婚，與他成為正式伴侶、一同養育孩子。也許這並非河內所願，但對犬飼而言，卻是夢寐以求。

這時，犬飼的手機又收到一條訊息，本以為是河內，定睛一看才發現是哥哥貴明傳來的。犬飼壓根兒就不想打開，哥哥很少跟自己聯絡，每次聯絡都沒好事，但如果不讀的話，事後又要忍受哥哥碎嘴，所以即便心不甘情不願，犬飼還是點開了訊息。上面寫著：「下禮拜我們要辦媽媽的生日會，你要來嗎？」犬飼知道自己是絕對不會去的，但既然哥哥都特地傳訊息來了，還是得做做樣子送個禮物過去。半晌，哥哥又傳來：「趁這個機會，我們一家人談談吧，你們家老二要出生了不是嗎？」

犬飼沒有特別跟家裡告知自己的狀況，他們大概是從家政婦澤子阿姨那邊聽來的吧？澤子阿姨也跟犬飼說過：「太太問了我很多事。」這樣正好，反正犬飼本就不打算隱瞞。

哥哥又傳來訊息：「或許你覺得對方懷孕責任在你，但我認為，問題出在那個男Ω的身上，他發情還去上班，就法律的角度來看，你根本不需要負任何責任。」

「要比喻的話，這件事就像一場意外事故。之前我跟家裡的人都認為最好是能用錢擺平，但既然你們都已經登記結婚了，木已成舟，就先這樣吧。」

「之後你們若發生什麼事，可能會影響到我們家。畢竟我們在法律上是姻親關係，雙方還是見個面比較好，我也想會會那個男的。」

這些訊息讓犬飼感到反胃，他怎麼可能讓河內去見這些用錢衡量他人的人？他好不容易才得到這個單相思了好幾年的男人，好不容易才獲得了幸福，豈能讓這些人破壞？

犬飼的家人把所有的錯都推給Ω，倘若真把河內帶回老家，他們說的話肯定會傷害到河內，如果河內因此離他而去怎麼辦？不……河內不會離他而去，如果真要離開，那肯定是尋死。

犬飼光用想的就感到痛徹心扉。河內看似大剌剌，心思卻相當細膩，個性體貼，內心又脆弱無比……之前他就放棄了活下去的念頭，打算走上絕路。那可是犬飼單戀了將近八年的人啊……。

哥哥的簡訊把犬飼搞得心煩意亂，他悻悻然地將手機塞進包包，低下頭深深嘆一口氣。耳邊傳來紙張被風吹動的聲音，犬飼抬頭一看，原來是冷氣口的吊牌廣告在飄動。廣告上寫的「就職」二字，讓犬飼陷入了過去的回憶之中。當初他就是這樣與真命天子相遇的，沒錯……當時他去應徵 kawai 時，就深深被河內所吸引，命運也因此出現巨變。對此，他從來沒有後悔過。

……大學四年級的春天，犬飼陪友人水口去參加醫療機器公司 kawai 的就職說明會。當時犬飼已拿到內定資格，確定可進入父親公司旗下相關企業工作。父親預計讓哥哥繼承總公司，讓犬飼輔佐哥哥，兄弟倆一同壯大公司規模。

哥哥大犬飼七歲，是個極其優秀的菁英份子。對於父親要自己輔佐哥哥一事，犬飼並無任何怨言。

他們家自古就是名門望族，父母和親戚都是α，一直到遠親才出現β，家族裡完全沒有Ω。

犬飼上小學後，第一次學到α、β、Ω這三種屬性，但早在他更小時，就隱約能感受到這世界上有這三種人。因Ω必須特別注意發情的問題，上中學後，大家都得接受屬性檢查。又因為Ω屬於少數，容易遭到歧視，所以校方不會對外公開檢查結果。當然，犬飼也接受了檢查。

因α大多都是聰明絕頂又或是體育健將，基本上不用檢查就能確定身分，同儕間也經常出現誰是α的傳言。犬飼在校內成績優異，所以他並沒有特別隱瞞自己的屬性。畢竟他的爸媽和親戚都是α，不是α才奇怪呢。

犬飼大二那年，哥哥貴明娶了同是α的嫂嫂。嫂嫂家世顯赫，是個冰雪聰明的大美女，就連犬飼的父母都對她稱讚有加。隔年嫂嫂懷上α的孩子，兩老更是欣喜若狂。有了哥哥這個「α範本」，犬飼本來以為，自己將來也會跟嫂嫂那樣的女性共組家庭。

犬飼知道有些α會跟Ω結為伴侶，但他一直認為這是「肉慾」大於「理性」的結合。他本身對Ω的費洛蒙氣味非常敏感，即便對方服用了阻化劑，他還是能聞得到發情的氣味。

犬飼能用氣味分辨出誰是Ω，而且對費洛蒙具有高度的忍耐力。即便在路上遇到沒有服用阻化劑的發情Ω，他還是能保持理性離開現場。也因為這個原因，他一直很瞧不起那些失去理智對Ω出手的α。

一起跟他去應徵kawai的水口是個「突變α」。水口的父母都是β，卻莫名其妙生出了他這個α。因α總是自然而然地聚在一起，水口高中時就經常被人在背後議論，說他爸媽都是β，憑什麼當α。上大學後，他也沒有融入α的小圈圈。

犬飼跟水口是在大學的課堂小組討論時認識的，兩人相當合得來，犬飼很喜歡水口表裏如一不做作的個性，兩人在大學裡幾乎是形影不離。

有天水口突然跟犬飼說：「我交了一個Ω女友。」這讓犬飼非常驚訝，他聽到後的第一個念頭是：「你被騙了吧？」每個Ω的發情症狀程度不同，但基本上，Ω發情期間都無法外出，也無法到公司上班，這不僅對生活產生諸多不便，也導致他們無法找到穩定的工作，所以生活水準自然無法好到哪兒去。因此，有些Ω會刻意在發情時引誘α，懷上他們的孩子，強迫他們負責任、當自己的伴侶。因為類似案例實在太多了，所以當Ω引誘α進行性行為……簡單來說就是發生強暴案件時……只要α沒有咬傷Ω的後頸、與對方強行配對，就不會被定罪。

「我跟她是『命定配對對象』。」

水口說這句話時，整個人興奮到雙頰泛紅。

犬飼有聽說過「命定配對」這回事，但他認識的α沒有人遇見過，所以他一直認為，「命定配對」是只存在於電影和小說中的情節。

「你怎麼知道她是你的命定對象？」

面對犬飼的疑問，水口自信滿滿地說道：「氣味不一樣！完全不一樣！」

「我以前也不相信命定對象，Ω發情期的氣味對我來說都一樣，只有濃淡的差別。但遇到她的那一瞬間，我竟聞到一股從未聞過的味道，跟麻藥似的，好香好香，熏得我簡直要融化了……。她也跟我有一樣的感受，覺得我的味道非常好聞，所以那一天……我就……跟她配對了。」

聽到水口不僅跟Ω交往，還跟對方配對……犬飼猶如晴天霹靂。

「這、這樣真的好嗎？」

這是他聽過最快速的發展了。Ω無法解除配對，甚至無法再跟其他人發生性行為。只要遭到拋棄，之後就只能一個人應付發情期，孤家寡人地度過一生。若沒有喜歡α到可以跟對方殉情的程度，Ω是不會輕易答應配對的。

「沒辦法啊……」水口靠在長椅的椅背上，雙手交叉抱著後腦勺，「命定配對是世上最棒的組合，我不會再遇到比她更好的對象了，我不要她在意外的情況下被其他α配對。真心感謝上天，沒讓她在遇見我之前被他人搶先。」

幾天後，水口將他的命定女友——佐里介紹給犬飼認識。佐里是個有如松鼠般的女孩，個子小小的，臉圓圓的，身上散發出的柔和氣息跟水口很像。犬飼聞得到她身上的Ω味道，雖說發情期快結束了，但她還是流露出些許「香味」。犬飼覺得她的味道跟其他Ω一模一樣，並沒有什麼特別之處。他老實把自己的感受告訴水口，卻引來水口一陣訕笑：「她是我的命定對象，如果你也覺得她『很香』，那不就完蛋了？」

水口與佐里在取得父母同意後訂了婚。水口大三那年冬天，佐里懷孕了，兩人也正式登記結婚。即將為人父母的水口，急需一間待遇較好的公司。但他本就容易緊張，再加上背負著必須賺錢養家的壓力，導致他在第一間公司的面試時緊張到當場昏倒。雖說那間是很難考進的知名企業，但從未聽說有α在面試時名落孫山，這讓水口沮喪極了。

聽說犬飼已找到工作，水口便拜託他：「為了我們一家三口，拜託你陪我一起找工作！」

犬飼很清楚這關係著水口一家將來的死活，再加上他很閒，所以就義不容辭答應了下來，跟水口一同報考了醫療機器廠商kawai。在那之前，他對kawai並沒有什麼特別的想法。

水口的志願是研究開發部門。他倆一同通過了書面審查，挺進第二關考試。kawai徵才考試一共有三個關卡，通過第三關考試的人可參加最終面試。犬飼打算陪水口考到第三關後退出。

第二關考試於某家飯店的會議廳舉行，因那天有另一間地方銀行也在同一間飯店舉辦徵才考試，飯店大廳被雙方考生擠得水泄不通。

那天犬飼剛從國外旅行歸來，整個人在時差的影響下頭昏腦脹，再加上他只是「陪考」，所以一點都沒有即將要考試的緊張感。

因水口還沒到場，大廳又滿滿都是人，犬飼便索性離開飯店，到附近的咖啡廳打發時間。

犬飼喝著咖啡，看著窗外發呆。「時間應該差不多了吧……」從包包拿出手機一看，才發現水口傳了好幾封訊息來。因他關靜音，根本就沒注意到。訊息上寫著：「我到考場了！你在哪？」、「開始報到了，我先入場囉！」、「時間快到了！」、「哈囉？回我訊息！」

犬飼背後一涼，急忙回傳：「幾點開始考試？」水口秒回：「已經快開始了！你到底在哪？」

上午十點十二分……考試該不會是十五分開始吧？他沒有仔細閱讀應考注意事項，還以為是三十分開始。

犬飼三步併作兩步離開咖啡廳，用跑百米的速度往飯店衝去。剛才還鬧哄哄的大廳，如今卻空無一人。犬飼連在哪個廳考試都不知道，正當他急得像隻熱鍋上的螞蟻時，一個聲音叫住了他。

「哈囉！」一個西裝筆挺的男人向他走來，他的體格很好，看上去還不滿三十歲。一股香味讓犬飼瞬間醒腦……他看向對方的臉，心裡覺得奇怪，看起來這麼低調的人，怎麼擦這麼濃的香水？

「你是來考 kawai 第二關考試的嗎？」

「是的，我遲到了……」

男人露出笑容說：「跟我來！」

見男人飛奔起來，犬飼急急忙忙跟在他身後，跟著他跑上樓，來到二樓裡邊的會議廳前。會議廳入口放了一張桌子，一個穿著套裝的女人嘟著嘴問：「河內先生，你跑哪去了？」

「我在大廳遇到一個我們公司的考生，現在入場應該還來得及吧？」

男人將最後一個名牌別在犬飼身上，遞給他一個信封後，帶著他進入考場。眾多考生的視線讓犬飼如坐針氈，男人將他帶到最後方的空位，拍了拍他的肩膀說：「加油！」隨後便離開了考場。

還好有那人的幫忙，犬飼才能順利趕上第二關考試。結束後，坐在考場中段位置的水口急忙來到犬飼身邊，對他埋怨道：「我還以為你放我鴿子呢！不過多虧了你，我只顧著擔心你，都忘了緊張了。」

考試結束後，犬飼將名牌還給考場外的櫃檯，那個對自己伸出援手的好心

男已經不見蹤影。犬飼猜想，那人應該是kawai的職員，只負責一開始的報到手續。

「你在找誰啊？」水口問。

犬飼將來龍去脈說了一遍，說有個好心的職員帶他趕到考場。

「我報到時有一男一女，你說的應該是那個男的吧?他感覺人真的很好，還安慰了一個緊張到發抖的考生。」

「你不覺得那個人很香嗎？」

「香？」水口露出疑惑的表情。

「他身上有一股甜甜的香水味。」

「我沒聞到耶。」

也是，那個男的看起來就不會擦香水，但光看外表也很難說死。畢竟那不是一瞬間的事……犬飼至今還能聞到那股甜香。

自從粗心大意差點遲到、受到好心職員的幫助後，犬飼對kawai的好感度便大幅上升。他與水口都順利通過了第二關考試，拿到合格通知書時，他腦中浮現的第一個想法是——如果第三關考試遇到那個人，一定要好好跟他道謝。

第三關考試是於 kawai 總公司舉行，先考筆試，再一個一個輪流面試。水口和犬飼雖是同一所大學，但因報名順序不同，兩人的面試號碼有些差距。水口是七號，犬飼則是四十號。試務人員要求考生於筆試結束後在會議室裡等候面試，而犬飼考完筆試後，離面試還有將近兩個小時。

因等候室裡配有試務人員，大家都是戒慎恐懼，生怕等候時的表現也是評分項目之一。雖然這只是大家單方面的猜測，但也沒有人敢聊天，所有考生都神情緊張，不是在翻閱面試交戰手冊，就是在用手機查詢新聞時事。

犬飼以上洗手間的名義離開了等候室。在第三關考試的工作人員中，並沒有那個香香的男人。犬飼四處尋找他的身影，畢竟若今天沒見到，以後就沒機會跟他道謝了。

這天是上班日，大家感覺都很忙。犬飼知道那人的名字叫「ㄏㄜˊㄋㄟˋ」，只要抓個人來問一下，應該就能找到他。但這麼做似乎有些小題大作，若那人正在忙，那就太不好意思了，犬飼不想給他添麻煩。

犬飼亂晃了一陣後，還是沒有找到那個人。不知道他是什麼部門的？會不會是去跑外務了呢？正當犬飼無可奈何，打算回去等候室時，他發現走廊後方有一間用玻璃牆隔出的吸菸室。

三個男人正在裡面抽菸，其中一個正是那個男人，這讓犬飼亢奮不已。

犬飼毫不猶豫地走進吸菸室，那位好心職員顧著跟比較資深的人聊天，完全沒注意到他。

「總公司感覺壓力好大喔。」好心職員揉著自己的肩膀說。

「你之後或許也會調來總公司喔。」

「我就不用了，我還是在分公司輕鬆過日子就好。」

犬飼等兩人聊到一個段落，才插話說：「不好意思……」

對方終於注意到犬飼，菸味和他身上的甜香混在一起，強烈刺激著犬飼的鼻腔。

「來一根嗎？」那人將香菸遞給犬飼，似乎以為他是來「蹭菸」的人。這讓犬飼非常難為情，紅著臉拒絕道：「不用，我不抽。」

「我之前在第二關徵才考試曾受過您的幫忙，真的很謝謝您。」犬飼向對方深深一鞠躬。

「嗯？」那人先是滿臉疑惑，然後突然靈光一閃：「你是那個遲到的人？」

「是的。」

「這樣啊，你已經考上我們公司了嗎？」

「還沒有，今天是第三關考試，等等還有面試。」

「你等等要面試？那你怎麼還在這裡？」

聽到來面試的考生竟待在吸菸室，任誰都會大吃一驚吧。

「還沒輪到我，而且我無論如何都想向您道謝。」

「那不重要，你趕快回去考場。」

大概是因為身處密室的關係，那股誘人的香味比之前更強烈、更濃郁了。那香味跟他直率坦然的氣息很不相配，說老實話，他的香味比菸味更刺鼻，其他人難道沒有聞到嗎？

「難道說……」犬飼半信半疑地深吸一口氣。雖然無法百分之百確定，但那個人……會不會是Ω呢？可是……他身上的氣味跟其他Ω完全不同，再說了，Ω怎麼有辦法跟一般人一樣在公司上班？看來是他多想了，那人只是身上氣味比較奇特罷了。

「好的，那我先回去了。」犬飼說完，便回到等候室。

水口等犬飼面試完畢後，兩人一同到車站附近的連鎖餐廳用餐。

犬飼把剛才的事情告訴了水口，說自己去跟第二關考試幫助自己的職員道謝時，還是聞到一股濃烈的香味。

「他感覺人還不錯，但一個大男人怎麼會擦這麼濃的香水？都熏到其他人了。我以前也遇到過幾次這種狀況，但都是女人。」

水口說著說著，將飲料吧拿來的柳橙汁一飲而盡。聽完這整件事，會有這種想法是很正常的。

「那味道倒也不難聞，只是讓我有些在意罷了。」

「那就是影響到別人了啊！」

兩人聊得正高興，犬飼突然聞到一股嗆鼻的味道。

只見一個跟他們差不多年紀的女生正往飲料吧走去，她頂著一頭米灰色的頭髮，從頭到腳都穿著黑色，看起來氣勢非凡，相當引人注目。那女生拿完飲料後，又一次走過犬飼身邊。

「你的菜喔？」水口問。

「不是啦……」犬飼揉了揉鼻子，低聲說道：「……那個人應該是Ω，而且正在發情。」

「真的假的？」水口探頭看去，「那她不就危險了？」

「已經快結束了，而且應該有吃藥，這種程度外出走動也很安全。」

「哇，你的鼻子真的很靈耶，像這麼微妙的區別……我只聞得出我老婆的。」

犬飼深深吸了一口氣，剛才那女孩的味道，才是他平常聞到的Ω氣味。相較之下，那名男職員的氣味果然與眾不同，是一種更濃郁、更迷人的香味。

水口在吃漢堡排套餐的期間，一共說了五次「好想進 kawai 喔」。

「可以學以致用，待遇又好，真的好想進 kawai 喔！」

水口一邊碎碎念，一邊拿出手機，待機畫面是他老婆的照片。

「命定對象真的有這麼好嗎……」犬飼心想，一副事不關己的模樣。

然而，突然有那麼一瞬間，一切都連起來了，他的腦中浮現出四個大字──「命定對象」。

犬飼感到胸前一震，但隨後第一個念頭是：「怎麼可能？」不可能的，他只是因為水口找到了「命定對象」，所以才會突發奇想。Ω在三種屬性中屬於少數派，但全世界有數不盡的Ω，就算世上真的有「命定對象」，要相遇比登天還難。直到水口遇見「命定對象」前，犬飼一直認為那只是傳言。不說別人，他的家族裡，就從來沒人遇過「命定配對的Ω」。

可是……若那人真是自己的「命定對象」，那一切就說得通了。否則水口怎麼可能聞不到那麼濃烈的香味？那香味彷彿只衝著犬飼而來，不斷誘惑著他。

想到這裡，犬飼用力地甩了甩頭，「冷靜！我必須冷靜！對方比我大，而且還是個男的。」

就算那人真的是犬飼的「命定對象」，他們也毫無未來可言。犬飼無法想像自己跟α以外的人結婚，家人也不會同意這段關係。

仔細想想，剛才在吸菸室裡，那人似乎早已忘了犬飼。就連遲到這個「加持印象」都沒能讓他記住自己，代表對方根本沒注意到犬飼是「命定對象」。

難道只有犬飼聞得到香味，對方卻完全沒感覺？這樣不是很奇怪嗎？

犬飼於餐廳前向水口道別，搭電車回到家後，還是對那股味道無法忘懷。他想要再聞一次，再確認一次，一股能量在體內不斷竄動，讓他無法靜下心來，

苦惱了一陣子後，犬飼終於下定決心，即便那男人真的是自己的「命定對象」，他也要假裝沒這回事。既然絕大多數的α一輩子都不會遇見命定對象，就代表沒遇見也沒差。

最後，犬飼和水口雙雙錄取kawai。雖然犬飼已經下定決心打電話辭退，不再與那個男人有所瓜葛，但待回過神來，他已在說服父母讓自己進入kawai工作，說希望能在進入爸爸的公司之前，先到其他行業從基層幹起，磨練自己的實力。

最終父母答應了犬飼，條件是之後他必須回到爸爸旗下的公司任職。媽媽一直到最後都是滿腹牢騷，倒是爸爸支持他的做法，「我能了解你想離開父母的庇護、獨自到商場闖蕩一番的心情。沒想到你這麼有骨氣！趁著年輕去看清世風險惡也不錯！」

成功說服父母後，犬飼愈發搞不懂自己了。自食其力不過是藉口，他真正的目的是想要確認自己與那男人的關係。他實在不明白，自己怎麼會為了這種原因而輕易換工作。

隔年春天，犬飼參加完入司典禮後，在新人研修前填交了部署志願表。公司已表明不一定能分配到志願部署，但犬飼還是抱著一絲希望，在第一到第三志願填了總務、業務等分公司也有的部署。

幸運的是，犬飼被分配到河內所屬的分公司，雖說犬飼是營業部，但兩人的距離也因此而拉近了許多。

犬飼在只有內部人員拿得到的職員名單上，確定了河內的Ω身分。Ω本就具有告知義務，而河內也沒有特意隱瞞。犬飼曾試著向其他員工打探，但絕大多數的人都不知道河內是Ω。河內的發情症狀似乎非常輕微，即便發情也能正常來上班，再加上工作能力很強，所以沒人覺得他是Ω。

河內發情時，犬飼遠在十公尺外就聞得到他的氣味。就算沒有發情，河內也不斷向犬飼發出誘人的甜香，彷彿在跟犬飼說：「我在這裡」、「快來找我」。

能發出這種只誘惑犬飼的香味……河內肯定就是犬飼的「命定對象」。但即便犬飼靠近河內，河內也毫無反應。對河內而言，犬飼就只是其他部門的後進，除此之外什麼都不是，完全沒發現自己的「命定對象」就近在眼前。

怪了，水口不是說，他與佐里見面時，立刻就發現彼此是「命定對象」了嗎?為什麼河內完全沒反應呢?犬飼推測，大概是河內發情症狀異常輕微，所以這方面也特別遲鈍。

原本犬飼進公司，只是為了確定河內是否為命定對象。如今確定了，他本應該心滿意足了。然而時間一久，犬飼卻出現想讓河內知道的想法，一方面他也很好奇河內知道了會有何反應。

因兩人部門不同，犬飼平時很少跟河內接觸。直到有一次，上司粗心大意犯錯、牽扯到河內，才讓兩人有所互動。犬飼暗暗在心裡叫道：「機會來了！」

於是犬飼告訴河內，自己就是他的「命定對象」。但礙於他們倆都是男人，如果讓河內知道他是為了追尋「命定對象」才進入kawai的，可能會嚇跑河內，所以他只好撒謊，說自己是進公司後才發現這件事。

犬飼知道河內是自己的「命定對象」後，就對他牽掛不已，甚至為了確認彼此的關係，追到了同一間公司。他以為河內知道這件事後，就會開始注意自己……對他魂牽夢縈，雙雙掀起命運的波瀾。

然而，這一切只是犬飼的妄想罷了。面對犬飼的告白，河內冷靜到令人詫異，真要說的話，更像是漠不關心。

這樣的對象一生只有一個，而且還不是每個人都能如願相遇。看到友人水口順利遇見真愛、共組幸福家庭，犬飼也不禁期待，這樣的奇蹟是否會發生在自己的身上。

然而，河內卻以「我是異性戀」為由拒絕了犬飼，看來對河內而言，「命中注定」並沒有任何意義。

「命定對象」就在眼前，卻不能與他結為連理，這是何等殘酷的事啊？看來，不是每個人都能像水口一樣獲得幸福。

這讓犬飼萬念俱灰。他疑惑自己為何如此沮喪，後來才發現，原來自己渴望著感受命運。以往他活在非常講究「常識」的世界中，α就是要跟α在一起，他想要擺脫算計與意圖，走進純粹的命運世界。

然而，河內根本不把「命中注定」當一回事，對河內而言，犬飼的命運只是毫無價值的垃圾，隨手可棄。他在命運的操弄下改變自己本應前進的道路，卻迎來如此悲慘的結局，想笑都笑不出來。他不是沒想過乾脆辭掉工作、重新回到父親的公司，但當初他已誇下海口要自食其力，所以至少也要打拚個五年。

雖然河內完全不把犬飼放在眼裡，犬飼卻對河內魂牽夢縈。他明明不喜歡抽菸，卻為了河內開始抽菸，只為了能在吸菸室遇見他、與他說說話。

自從在考試會場相遇後，犬飼就知道河內是個親切暖男。面對犬飼這種遲到的考生，他非但沒有生氣，還願意伸出援手、為犬飼加油。犬飼明白，河內的溫柔不僅僅屬於自己。大家眼中的河內，對誰都是慈眉善目，再加上為人幽默，所以人緣非常好。他工作認真，處事嚴謹，犬飼從沒聽過同事批評他。若真要說起河內的缺點，大概就只有Ω這個身分。

即便河內不搭理自己，犬飼還是克制不住對他的在意。這難道就是命運的力量嗎？犬飼自己也不明白。

就犬飼的觀察，河內似乎沒有女友。男Ω要結婚本就困難重重，因為有一半機率會生出Ω，所以α和β的女性都會特別避開他們，即便真要結婚，也會遭到父母反對。像河內這麼有責任感的男人，在這樣的情況下，當然不會隨便對女性出手。

然而，河內還是在快滿三十五歲時交了女友。這個消息讓犬飼大受打擊，當時他雙腿一軟，只差沒跪倒在地。那女人是公司裡一個平凡無奇的同事，雖說沒有哪裡不好，但就是沒什麼特色。

犬飼明白了，只因為自己不是「異性」，就硬生生被河內排除在選項之外。明明他這個「命定對象」就近在眼前，河內卻另選他人。犬飼跟著命運一路追到這間公司，躲在暗處靜靜看著河內，最後卻被別人橫刀奪愛……還有比這更悲慘的事嗎？

犬飼從沒想過自己會有如此淒涼的一天，他擁有無可挑剔的學歷，出生於家境優渥的資產家族，還是個α，甚至是河內的命定對象……然而，河內卻沒有選擇他，甚至不給他任何靠近的機會，將他拒於千里之外。

「乾脆咬傷河內的後頸，把他強行佔為己有，這樣河內就無法跟別人上床了……」每隔一陣子，犬飼就會出現這種邪惡念頭，但這麼做會觸犯法律，即便得到河內的身體，也無法得到幸福。

他無法對河內死心，卻只能跟他保持同事之間的距離，眼睜睜看著自己的命定對象另屬他人。他不願河內跟那個女人結婚，但如果他們結婚生子，自己或許就能斷念了——當時的犬飼是這樣想的。

……犬飼在離家裡最近的車站下了車。他住的大樓地段非常方便，走到車站只要五分鐘，搭車到公司也只要二十分鐘。他從單身時就住在這裡，調到總公司後通勤時間變得更短，上下班也輕鬆許多。

打開大樓的自動鎖、走進大門，犬飼向剛上了年紀的管理員打完招呼，便逕自搭電梯到七樓。他將左手無名指上的戒指取下，放進皮革製的收納袋、放入包包，然後拿出鑰匙。

犬飼躡手躡腳地打開門鎖，生怕吵醒小優。門口的燈是亮著的，河內健太郎坐在客廳的沙發上滑著平板電腦，他聞聲對犬飼說：「回來啦？」光是這點微不足道的動作，都能讓犬飼欣喜若狂。

「嗯，我回來了。」

「要喝點什麼嗎？」

「不用不用，」見河內起身，犬飼急忙要他坐下，「你身體還好嗎？」

「很好啊。」河內聳聳肩，「只是身體有點沉重，其他沒什麼特別的，上一胎也是這樣。」

河內已懷孕九個月，下個月就要生下他與犬飼的第二個孩子。男性Ω從身形上很難看出有孕，他們的子宮位於身體深處，不會像女性一樣大腹便便。河內即將臨盆，也只是下腹有點漲漲的，不僅外型幾乎與之前無異，身體狀況也毫無變化。也因為這個原因，他能夠正常上班，而除了直屬上司，沒有人知道他懷孕。

河內已預先請了有薪假，從預產期前一天開始休兩個禮拜。

不顧犬飼拒絕，河內還是泡了他最愛喝的茶，送到客廳桌上。這讓犬飼又心疼又高興，喝這口茶的心情好複雜啊……。

沒有聚餐時，兩人會在下班後一起吃晚餐，若無法一起吃飯，就會像這樣一起喝茶。

「小優今天有乖乖睡覺嗎？」

「鬧了一下，但滿快就睡著了。」

河內剛生完小優時，曾因為無法適應單獨照顧寶寶的生活，而出現精神衰弱的症狀，甚至還住院了一陣子。之後他的發情期到訪，阻化劑和特殊療法全都無效，因而差點失去生命。……其實，只要與男人性交就能夠解除河內的發情症狀，但發情性交很容易懷孕，他寧可一死，也不要與男人性交。

河內拋下孩子尋死的行為讓犬飼大受打擊，那彷彿在對犬飼宣示：「我死也不要跟你做愛，死也不要跟你生小孩。」

「好啊，如果你這麼想死，那就別怪我自作主張！」於是，犬飼擅自與河內登記結婚，仗著伴侶的權利，強行與他發生性行為，把河內以死抗拒的精液射進他的體內。他一次接著一次地射進去，目的就是要讓河內懷孕……還咬了他的後頸，強行與他配對。

對方是發情的Ω，還是他的命定對象，層層加疊的快感簡直要將犬飼融化。但在如此激烈的性愛中，犬飼仍保有一顆冷靜的心。他很清楚，河內一旦懷孕就不會尋死。河內沒有放棄小優這個因「強暴」而產生的孩子，即便沒有育兒經驗，他還是竭盡全力養育小優。可見，他雖然不重視自己的身體，卻對降生於世的生命格外珍惜。

兩人性交結束後，河內的發情獲得解除。趁著河內意識還沒完全恢復，犬飼將他帶回自己家裡，強迫他與小優見面。

原本呆愣愣的河內，一抱起小優，臉上立刻有了生氣。他滿臉淚水地將哭泣的小優擁入懷中，餵小優喝母乳。

犬飼雇用了澤子阿姨來幫忙照顧小優。澤子阿姨原是犬飼老家的家政婦，滿六十歲退休後，犬飼便請她來當小優的保姆。河內住進犬飼家後，犬飼還是請她每天過來幫忙。

犬飼的媽媽是個什麼都不會的千金大小姐，犬飼家的孩子都是由澤子阿姨一手帶大。兩兄弟中，澤子阿姨特別疼愛犬飼，辭掉家政婦後兩人仍時常聯絡。小優出生後，犬飼本打算向阿姨請教如何帶小孩，還沒等他開口拜託，阿姨就主動表示：「可以讓我幫少爺照顧小孩嗎？」她笑說自己辭職後很閒，每天都沒事做。

因小優長得跟犬飼很像，澤子阿姨第一次見到小優就疼愛不已。阿姨是β，對河內這個Ω卻沒有偏見，她有個姪子也是Ω，所以對河內很是關懷。

將河內強行帶回家裡後，犬飼想了很多，他希望河內能在沒有壓力的狀況下養育小孩，逐步適應與男性伴侶的生活。為此，他特地去找河內的主治醫生商量。

主治醫生建議，可讓河內儘早回歸職場，分散他對帶孩子的注意力。因河內個性比較認真，若讓他跟孩子單獨相處，他一定會故態復萌，給自己過大的壓力。目前最需要的，就是讓河內擁有與孩子完全分離的時間。

犬飼非常疼愛小優，他問醫生：「如果由我辭去工作，在家專心照顧孩子呢？」然而醫生卻不贊同這麼做，因為他擔心河內會為此感到自責，覺得是自己害犬飼失業。

最後，犬飼決定兩人都正常上班，白天由澤子阿姨照顧小優。澤子阿姨的褓姆費用，則由犬飼與河內平均分攤。

起初河內不太同意這個做法，他每隔一個小時就會向澤子阿姨詢問小優的狀況，之後才慢慢減少聯絡次數。

澤子阿姨經驗豐富，小優交給他照顧完全不用擔心，而且有任何不懂的事都可以向她請教。為此，河內的精神放鬆了許多，臉上也不再充滿焦慮。

只要小優半夜哭鬧，犬飼就會把他帶離河內身邊，抱著他在家中走來走去。真的無法安撫時，犬飼就會把小優帶到外面，待小優昏昏欲睡再回到家中。有時犬飼抱著小優回來時，河內已經累得縮在沙發上睡著了。

河內好不容易習慣住在犬飼家後，兩人一同帶小優去健康檢查。河內本想自己去就好，但犬飼堅持要跟去。醫生說，小優的身體狀況完全沒問題，但……河內懷了第二胎。這是預料中的事，聽到醫生宣布懷孕的消息時，河內只說了一句「這樣啊」，然後便沉默不語。

回家的路上，河內沒說什麼話。回到家後，他一如往常地餵小優喝奶、幫小優洗澡，隔天也照常到公司上班。

小優一天一天地長大，河內每天都無微不至地照顧小優。但是，他從未對犬飼或澤子阿姨提過肚子裡的孩子。

犬飼本以為河內是刻意想要遺忘這個孩子，直到有一天，犬飼遍尋不著家裡鑰匙，在客廳抽屜裡無意找到母子手冊，他才發現河內有定期去產檢，還把比較特別的身體狀況記錄了下來，像是肚子有些漲漲的……等。

為減輕河內的壓力，犬飼假日都會鼓勵他出去走走，對他說：「你要不要出去逛街？我來照顧小優。」但河內顧著跟小優玩，只回了一句「不用」便回絕了。犬飼本以為他是不好意思把小優丟給自己照顧，便主動帶小優去公園玩，但河內也跟著一起去了。犬飼這才發現，河內其實非常喜歡小孩，起初是因為壓力太大才會精神衰弱。

兩人同住半年後，河內突然接到哥哥的聯絡。當犬飼告訴父母，他已承認自己是河內孩子的爸爸時，爸媽簡直氣壞了，要他不必理會河內這種自我管理失能的Ω，這種情況就算鬧上法院，犬飼也不必負任何責任。

但犬飼認為，小優毫無疑問就是自己的孩子，就算河內根本不愛他、就算河內拒絕了他的求婚，他也要留下書面紀錄，負起這個責任。

因登記結婚時狀況非常緊急，犬飼未能跟任何人商量。待河內狀況比較好後，犬飼才把結婚的事情告訴了爸媽，卻換來了一頓怒罵，爸媽甚至說：「他是不是用孩子威脅你結婚？」「你被騙了都不知道！」

犬飼告訴他們，兩人確實是因為發情費洛蒙而結合，但對方是自己喜歡了很久的人，是他命定的配對對象，他並不後悔跟對方結婚，但爸媽完全聽不進去。

犬飼都已經沉著氣向他們說明了，爸爸還罵河內是「骯髒的Ω」，這讓犬飼怒不可遏。他們怎麼可以這樣侮辱自己喜歡的人？而且還是歷經千辛萬苦才納為己有的人。犬飼留下一句：「爸，你要怎麼想隨便你，反正我不會再踏進這個家一步。」然後便離開了。

此時此刻，犬飼非常慶幸自己沒有進入父親旗下的公司工作。父親的態度點燃了他的自尊心，他決定靠自己的力量、用自己的薪水守護河內與孩子。

在那之後，犬飼便與家人斷絕了聯絡。有天，哥哥突然傳訊來說：「回來跟家裡的人商量一下之後的事吧。」犬飼回傳：「如果爸肯為污辱我伴侶的事情道歉，我就回去。」之後便沒有回音了。

隔了兩週，哥哥又傳訊來：「把孩子抱回來讓我們看看吧。」犬飼覺得奇怪，問了澤子阿姨才知道，媽媽聽說孩子是個跟犬飼長得很像的可愛男孩，所以想見孫子了。犬飼回傳：「你們肯讓我跟伴侶一起回去再說吧。」正如他所預料，哥哥沒有再回應。

或許他以後會把河內介紹給父母，或許不會，但再怎麼樣都不會是現在。

河內坐在犬飼對面，穿著舒適的短袖T恤和運動棉褲，一派輕鬆地喝著茶。

那次發情後，兩人再也沒有性方面的接觸。就這層意義而言，他們比起伴侶，更像是有小孩的同居人。河內曾經寧死也不願跟男人上床，所以犬飼對這方面一直特別小心，他擔心若自己求愛，河內可能會對他心生厭惡，甚至離他而去。

犬飼很清楚，兩人的生活看似穩定，但其實如履薄冰，處處充滿了風險。他渴望得到河內的愛、擄獲河內的心，卻不敢任意妄為。

如今他已與命定對象成功配對，第二個孩子也即將要出生。曾經，河內是那麼的遙不可及，如今他卻獲得了待在河內身邊的權利，還有了可愛至極又斬不斷的羈絆——孩子。

「對了，小優有點會走路了。」

「咦？真的嗎？」

「你要看嗎？」河內將手機遞給犬飼。

按下播放鍵後，影片裡的小優撐著沙發站了起來，搖搖晃晃地向前走了三步。那畫面實在可愛到不行，犬飼忍不住重播了好幾次。

「小優很快就學會站了，但一直不會走路。他的好奇心很強，個性卻很膽小。你回來之前，有一隻大飛蛾飛進家裡，停在小優的頭上，嚇得他嚎啕大哭。」

「……小優的哭聲特別響亮，只要他一哭，馬上就能找到他。」

「那小子很有主見。」

河內又說了幾件今天發生的事，雖然他只聊小優的事，但犬飼還是聽得很開心。

「對了，你不要再買尿布回來了。」

「不用再買了嗎？小優要穿，之後還要多一個人穿，不會不夠嗎？」

河內聳聳肩說：「你買太多了啦！上次我打開客廳的置物櫃，裡面滿坑滿谷都是尿布。小優之後長大穿不下怎麼辦？買適量就好了。」

「好。」犬飼只要出門購物，看到尿布和玩具就會忍不住拿去結帳。一想到河內可能要一個人撐著沉重的身軀、拿那麼大的東西走在路上，犬飼就覺得這些東西應該由他先買好。

「啊……」河內突然弓起身子。

「怎麼了？」

「……孩子動了。」河內摸著下腹部，哈哈笑了兩聲，「這小子很有精神呢！經常踢我，比小優還好動。」

犬飼也好想摸河內的肚子，感受一下孩子的胎動……但他說不出口，怕河內會不高興。河內摸著肚子，突然對犬飼說：「這個孩子的名字由你來取好嗎？」

「我……我來取？」犬飼冷汗直流，「兩個人一起想不是比較好嗎？」

「小優的名字是我取的，我想說……這孩子給你取比較公平。」

自河內懷孕後，犬飼就很在意孩子要取什麼名字，但他不便主動提起，所以一直在等河內開口。犬飼本以為，河內會在孩子出生後直接幫孩子取名，對此他也欣然接受，但萬萬沒想到，河內竟然要他來取。

當初小優的名字是河內取的，第二個孩子由犬飼來取其實也不無道理。說老實話，犬飼比較希望兩個人一同決定，但既然河內都開口了，那他只好照辦。

「好。」

「那就拜託你囉。」

河內從沙發起身，將茶杯洗好後對犬飼說：「我要睡了，晚安。」隨後便走進臥室。這讓犬飼有種被丟下的感覺，他重新打起精神，走入自己的房間，把包包放好、準備換洗衣物，走進浴室沖了個澡。

把今天的工作做完後，時間已超過午夜十二點。犬飼躡手躡腳地走進臥室，小優和河內已經睡了。似乎是注意到人聲，河內輕輕張開了眼睛，之後又立刻閉上。

床上躺著的，是他喜歡的人，以及兩人之間的結晶。可以跟深愛的人共枕而眠，第二個孩子也即將出生，照理來說，犬飼應該要很幸福，但他的內心卻很寂寞。

河內愛孩子，卻並不愛他，河內之所以待在這裡，只是因為他們登記結婚了，因為他們是命定配對，因為他們有了孩子。這些犬飼都明白，也正因為他明白，所以才痛苦不堪。然而，這是他所期望的相處形式，寂寞只不過是副作用，沒什麼好抱怨的。

這天，犬飼將跑業務的工作交給後輩，自己將事務工作做完後，準時在下班前將所有工作告一段落。今天他不打算加班，颱風要來了，早上到現在雨愈下愈大，再不動身可能就回不了家了。才八月第一週，就已經來了兩個颱風，看來今年可能是多颱的一年。

在收拾東西前，他先來到公司三樓，走進位於盡頭的廁所。三樓都是資料室與會議室，一過下班時間，就不太有人使用這間廁所。

這間廁所有兩間隔間、四個小便池。犬飼走進隔間，鎖上門。他嫌坐著麻煩，直接拉下拉鍊，掏出陰莖，靜悄悄地開始自慰。

自從跟河內與小優同住後，犬飼就沒有在家中自慰過。其實他可以在自己房間、家裡廁所，又或是浴室裡做這件事，但他不想讓河內發現，也不想讓河內聞到自己精液的味道，所以他開始在外面解決，於下班後到沒什麼人用的廁所隔間「處理」。

犬飼結了婚、有了伴侶，卻不能做愛。他與河內結合，只是為了避免他死於發情。只有那段時間，犬飼才能肆意蹂躪河內那美好的身軀，然而當午夜鐘聲響起、發情期結束，他就連河內的一根手指都碰不到。

犬飼回想著幾個月前與河內做愛的感覺，不斷套弄著自己的炙熱。光是想起河內那放蕩的模樣，他就爽到快融化了。跟命定對象、跟上天指定給自己的Ω做愛，就有如麻藥般令人沉醉。……正當犬飼發洩完慾望、正打算喘口氣時，有人走進了廁所。

「媽呀，累死我了。」

犬飼的亢奮瞬間冷卻了下來，先不管那人是誰，還好他是在犬飼結束後才進來的。從腳步聲聽來，對方有好兩個人，而且沒有走進隔壁的隔間，應該馬上就出去了。

「我們公司好像要蓋新工廠。」

聲音低沉又沙啞的男聲說道。犬飼沒聽過這聲音，應該是不同部門的人。

「真的假的？我們公司這麼賺喔？」

對照之下，另一個人的聲音顯得又尖又高。

「因為血液透析器賣翻天啦！」

兩人說話沒用敬語，大概是同梯進公司的吧。剛才經過小會議室時有人在使用，大概是從那裡過來的。

「對了，上個月，有個叫犬飼的傢伙從分公司調到業務部。」

低啞男突然提到犬飼的名字，害他心驚了一下。

「他是個α，我們部門的女同事一直在討論他，聽了就煩。」

「犬飼在我們部門也很有名喔，畢竟他還滿帥的嘛。不過，聽說他已經結婚了。」高尖男回答。

「是喔？」低啞男說，「我們部門裡那些女人一直叫叫叫，說不知道他有沒有女朋友。」

「他自己在聚餐上親口說的，說自己是先有後婚，老婆肚子裡還懷了第二胎，一副很爽的樣子。」

「哇，能讓α先有後婚，那女的不簡單喔！」

「我看可能是吊金龜婿的Ω吧，α不是沒辦法抵擋Ω的誘惑嗎？我是β不清楚啦，但聽說跟發情的Ω上床超爽的。」

高尖男發出下流的笑聲。

「我的想法啦，你不覺得，α給人的印象就是玩一玩Ω、把對方弄懷孕，然後最後再娶α嗎？」

「我是不知道犬飼老婆什麼屬性啦，但我覺得應該是Ω，不過到底干我們屁事啊？」

兩個人像三姑六婆一樣，一邊聊天一邊走出廁所。

老實說，犬飼不在意人家知道自己的伴侶是Ω，他根本不在乎別人說什麼，也不覺得這有什麼好丟臉的，他能夠挺起胸膛說自己深愛著另一半。可是河內不一樣，河內很疼愛孩子，但他不能接受跟男人做愛，也不願為了生存下去而懷孕生子。

如果河內不是Ω，如果河內那一天阻化劑沒有失效，他就不會跟犬飼做愛，也不會懷孕、跟犬飼住在一起。但是，現在他們有孩子了，河內必須跟犬飼生活，而且生完孩子後還會定期發情。沒錯，就算河內有一千萬個不願意，他還是會發情。

犬飼的天堂，卻是河內的地獄。老實說，犬飼覺得這在某種層面上是一種復仇，對那個不願意愛上他的男人復仇。

處理完後續，犬飼若無其事地走出廁所回到部門。拿起公事包時，手機正好響了，是河內傳來的簡訊。

犬飼有一種不好的預感，因為河內不會沒事傳訊息給他，而且還是這種他很有可能還在上班的時間。犬飼急忙點開簡訊，只見上面寫著：「我破水住院了，已聯絡澤子阿姨請她今天加時。」嚇得他把手機掉到地上。

他連忙撿起手機，緊握著手機衝出部門，到走廊柱子的陰影處打給河內。電話響了五聲後，河內接了。

「你還好嗎？竟然比預產期早了一週！已經要生了嗎？」

面對犬飼顫抖的聲音，河內倒是相當淡定：「好像要生了。」

「那、那我馬上趕去醫院。」

「你還在工作吧？晚點再來沒關係。」

「我已經下班了，現、現在馬上過去！」

犬飼掛掉電話後，三步併作兩步走出公司，隨便攔了台計程車，前往河內平常看診的Ω婦產科。

男性Ω的預產期一般都很非常準時，但河內這次破水比預產期早了將近一個禮拜。這讓犬飼非常擔心，莫非是寶寶出了什麼問題？

時間即將進入尖峰時段，計程車陷入了車陣中，犬飼在心中悔不當初，早知道就搭電車去了……車裡的冷氣很涼，他卻緊張得滿頭大汗。

他突然想到自己還戴著戒指，趕緊取下放入收納袋中。其實他當初買了對戒，但一直沒有拿給河內。畢竟，知道河內結婚的只有他的直屬上司，而且他怕河內不肯收。

平常從公司搭車到醫院只要十五分鐘，這天卻花了四十分才抵達。時間已過晚間六點半，犬飼向櫃檯問到河內的病房號碼，他耐不住性子等電梯，索性直接爬樓梯上去。打開病房門一看，只見河內坐在病床邊，津津有味地吃著晚餐。

見犬飼一臉茫然地站在門口，河內一派輕鬆地說：「你怎麼這麼快就到了？」犬飼的腦中一片空白，此時的河內不是應該倒在床上痛苦呻吟嗎，怎麼在吃飯呢？

「……你、你還好嗎？」犬飼戰戰兢兢地走近河內。

「還好。」河內點點頭，「醫生說我破水的量很少，應該還要一段時間才會生，但一般第二胎都會生得比較快……所以還不確定到底要多久。我已經跟上司聯絡過了，也把工作交代給後輩了，一直到剛剛才忙完。還好我有以防萬一，提早完成了一些工作。」

犬飼坐到一旁的椅子上，河內瞄了他一眼說：「你下班直接就趕過來了？」

「對。」犬飼頷首。

「你先去吃點東西吧？反正沒那麼快生。」

「我沒食慾。」

河內把醫院的供餐吃了精光。半晌，護理師便進入病房，向犬飼禮貌地點了點頭，然後把空碗盤整理乾淨。接下來就是等待孩子出生了，犬飼無事可做，河內也無所事事地拿起遙控器打開電視。

「你要不要先回去？」

這句話讓犬飼相當難過，他心想：「河內是不想跟我在一起嗎？如果是，那未免也太傷人了。」雖然他不在河內可能會比較放鬆，但他已鐵了心，這次一定要陪產。

「……我留在這裡比較放心。」

「上一胎我也是一個人啊，不用擔心我啦。你就回家一趟吧，換個衣服、吃個晚餐、洗個澡，我要生的時候會聯絡你。」

「我不要，如果我回家路上你剛好生了怎麼辦？」

見犬飼抵死不從，河內浮誇地嘆了一口長氣，這口長氣也刺痛了犬飼的心。

「那你至少去吃個飯吧。」河內搔搔頭。

「我真的沒食慾。」

河內看了他一陣後，露出一個苦笑：「要生的人是我又不是你，你怎麼看起來這麼緊張？」

犬飼這才發現，原來自己全身僵硬。

「河內先生是第二次生產，但我是第一次陪產。」

「唉，真拿你沒辦法。」河內又嘆了一口氣。犬飼多麼希望他能體諒自己的心情。

「……不然你去幫我買東西好了。出醫院大門右轉有一間便利商店，幫我買兩瓶茶、三個飯糰，然後隨便買幾本雜誌。」

「可是，如果你突然生的話怎麼辦……」

「不會啦，絕對不會！我跟你保證！快去吧。」

在河內的催促下，犬飼心不甘情不願地走出病房。但他還是放不下心，只好狂奔衝到便利商店，用最快的速度拿了東西結帳，然後再一路衝回來，全程花不到十分鐘。看得河內目瞪口呆：「你也太快了吧！」

犬飼將便利商店的袋子交給河內，河內拿出雜誌和一瓶茶，又把袋子還給犬飼。

「剩下的是你的晚餐。」

「咦？我不用，我吃不下……」

「別像個女生扭扭捏捏的好不好？你什麼都不吃、青著一張臉坐在我旁邊，會影響我的心理健康耶！在我看完這本雜誌之前，你必須把這些飯糰吃光！聽到了嗎？這是命令！」

……既然河內都說是命令了，犬飼也只能乖乖奉命行事。雖說沒有食慾，他還是把三個飯糰塞進了肚子裡，看來身體其實是飢餓的。

吃飽後，犬飼沒那麼緊張了，也終於明白河內叫他回家、去買東西，並不是要趕他走，而是單純在關心他。

「對了，寶寶的名字取好了嗎？」河內翻著雜誌問道。

上週兩人一起去產檢時，醫生告訴他們寶寶是男生。

「廣太。」這個名字犬飼考慮了很久，他很怕會被河內否決，但還是鼓起勇氣說了出來。

「怎麼寫？」

「我的名字的廣，跟河內先生的太。」河內當初要犬飼幫寶寶取名時，犬飼有一種自己遭到放逐的感覺，但他還是乖乖照做了。煩惱了許久，他決定用兩個人的名字，將寶寶取名為廣太，讓他們以孩子名字的形式永世相偎。

「廣太啊……很好啊！」河內的感想簡潔有力。

這是犬飼猶豫了好久才決定的名字，雖然獲得了河內的肯定，但犬飼仍忍不住鑽牛角尖……河內會不會根本不在乎他們的孩子叫什麼名字呢？

「唔……」

河內皺起眉頭，弓起身子。犬飼見狀，急忙跑到床邊。

「你、你還好嗎？」

河內先是僵住一陣子，吐出一口長氣後，才放鬆力氣。

「剛才痛了一下，但馬上就好了。陣痛的間隔還很長，應該還要很久才會生……你就回去吧。」

犬飼知道河內是關心他，但被驅趕那麼多次，還是很令人沮喪。

「你就這麼討厭我在身邊嗎？」

他知道河內現在很辛苦，但就是忍不住埋怨。果不其然，河內的表情也沉了下來。

「我沒有討厭，只是抓不準生產時間，又想說你應該很累了，你明天還要上班不是嗎？」

「我可以請有薪假。」

「喂……」河內雙手一攤，「搞不好還要等兩、三天呢！」

「無所謂，我就是想陪產。第一胎我沒辦法陪你，這次我一定要陪到你生完！」

「好吧，我是沒差啦。」河內閉上眼。

之後，河內約每兩個小時陣痛一次，而且一次比一次強烈，有時痛得他眼歪嘴斜、發出痛苦的呻吟。慢慢的，他也沒辦法看電視跟雜誌了。

每當河內呻吟喊痛，犬飼的心就噗通噗通地狂跳，胃也跟著絞痛起來。

「請問……我可以握著你的手嗎？」

犬飼已做好被拒絕的心理準備，沒想到河內竟然答應了。他小心翼翼地牽起河內的右手，每當陣痛來臨，河內就會加強握力，忍耐腹部的痛楚。犬飼為河內擦去額頭上的汗珠，緊緊回握著他，不斷在心中為他祈禱：「別再讓他痛了！」、「加油！」醫生和護理師進房時，犬飼會暫時把手鬆開，除此之外，他都一直握著河內的手，輕撫他因為疼痛而顫抖的身體。

陣痛的間隔愈來愈短，到了凌晨兩點，河內差不多要生了。犬飼全程陪在河內的身邊，整個人精疲力竭，彷彿他也在陣痛似的。一小時後，寶寶呱呱落地。

聽到寶寶大哭的那一瞬間，犬飼感動得淚流不止。此時河內已是滿臉通紅、全身虛脫，醫護人員把寶寶放在他的胸前，他用食指摸著寶寶的小手溫柔地說：「你好啊，廣太。」目睹如此神聖的畫面，犬飼的熱淚再次潰堤，河內則看著他輕輕地笑了。

寶寶被醫護人員帶到嬰兒室後，河內開始昏昏欲睡，犬飼則因為見證到孩子出生的那一刻而感動得興奮不已。

「我好累……先睡了。」

「那個……」河內原本已閉上雙眼，聽到犬飼的呼喚，又睜開沉重的眼皮。

「謝謝你辛苦生下廣太。」

「嗯。」河內輕輕回應。

「我可以陪在你身邊嗎？」

「……隨便你。」

河內再次閉上雙眼。犬飼坐在床邊的椅子上，看到河內昏沉虛脫的模樣，又不禁熱淚盈眶。他早聽說生孩子很辛苦，但沒想到這麼難熬。新生命的到來，也遠比想像中的令人動容。

「請問……」

「幹嘛？」這次河內連眼睛都沒睜開。

「我可以握著你的手嗎？一下就好。」

河內沒有回答。這樣的反應讓犬飼相當受傷，河內已經從痛苦中解脫了，不用向別人求助了，沒回答大概是不願意吧，早知道就不要問了。沒想到，河內竟悄悄從棉被中伸出右手。

看來他這是答應了。犬飼輕輕撫上、緊緊握住那隻手，放到自己的額頭前說：「謝謝你。」他接連說了好幾次謝謝，緊握的手讓他們相連在一起。能感受到河內的溫度，犬飼真的好高興，就這麼沉浸在無以言喻的幸福之中，眼皮也跟著沉重了起來。犬飼心想，睡一下就好……一下就好……任憑意識逐漸離他遠去。

他沉沉睡去，直到一陣人聲傳來。

「您的另一半睡著了呢。」

有人正輕聲說話……這是誰的聲音呢？

「他一直陪在我身邊，我想他應該累了。」

這是河內的聲音。

「真是個好伴侶。」

感受到自己的手被輕輕握了一下，犬飼這才注意到，他和河內還牽著手。

他好想繼續裝睡下去，永遠握著河內的手。然而好死不死，他不小心動了一下，只好假裝剛好醒來。

「你醒啦？」

犬飼點點頭，河內卻莫名其妙地笑了。

「你的臉好誇張喔，去洗個臉吧。」

犬飼走到病房內的洗手台前，這才發現，自己因為昨天哭得太慘，兩隻眼睛腫得跟金魚一樣。他用濕手帕冷敷後，河內表示希望他能回家一趟，幫忙看一下小優的狀況。

犬飼回到家，剛打開家門，澤子阿姨就抱著小優來門口迎接他。

「寶寶出生了，是個健康的男孩。」

澤子阿姨笑道：「真的啊？太好了。」犬飼從澤子阿姨手中接過小優，輕輕抱住他說：「對不起喔，留你一個人在家。」澤子阿姨說小優很乖，他倆沒有回來也沒有哭鬧。

澤子阿姨說：「我先生跟朋友去北海道釣魚旅行了，好一陣子不會回家，我可以住在這裡照顧小優幾天喔。」這個家本就備有澤子阿姨的專用棉被和換洗衣物，犬飼恭敬不如從命，拜託澤子阿姨繼續照顧小優到傍晚，自己則出門上班。

雖然犬飼已請好假，寶寶也平安出生，但他還是決定到公司一趟，把剩下的工作處理完畢。雖然前一晚沒睡多久，但寶寶的出生令他精神抖擻，一點睡意也沒有。把工作做完、離開公司後，犬飼改搭電車前往醫院，以免重蹈前一天塞車的覆轍。

他明明睡眠不足又累得半死，但電車裡稀鬆平常的景象，此時此刻都在閃閃發光。換車的車站裡有間花店，店裡賣的小花束非常漂亮，等犬飼回過神來，自己已經拿了一束在手上。

走到病房門前，裡頭傳來小嬰兒特有的哇哇哭聲。犬飼打開門走了進去，河內正好在餵母奶。

抱著初生寶寶的河內，看上去就有如宗教畫作般高貴典雅。河內注意到犬飼來了，便問：「你去上班啦？」

「對啊。」

犬飼走到河內身邊，把買來的花束遞給他。河內雖然一臉疑惑，但還是道謝收了下來。

小寶寶一下吸住河內的乳頭，一下又鬆開嘴巴。河內用指尖摸了摸孩子的臉頰，微笑道：「這孩子不太會喝奶。」

「小優還有在喝奶，我的母乳很夠的說。」

犬飼坐在椅子上，端詳河內餵奶的模樣。廣太還是吸不好，河內哄著哭泣的廣太，把他拿到犬飼面前問：「你要抱抱他嗎？」

這孩子來到這個世界還不滿一天，還好小好小，好溫暖，好可愛，好惹人憐惜。犬飼抱著抱著，忍不住蹭了蹭寶寶的小臉，連親了寶寶好幾下，這讓寶寶哭得更慘了。河內見狀，苦笑著對他「喂」了一聲。

此時此刻，犬飼兩個心愛的人都在病房裡，這種幸福感填滿了他的心，他好想一直待在這裡，但小優還在等著他回家呢。

才抱了一次，犬飼便再也忘不了將廣太抱在懷中的感覺。歸途的電車中，他不斷反芻著這份幸福。河內喜獲麟兒，對廣太百般疼愛，這讓犬飼非常高興。生了第二胎後，兩人的感情似乎更對等了，犬飼覺得自己已是百毒不侵。

幾個月前，河內才因為不想與男人做愛、不想懷孕而選擇輕生，生產對他照理來說並非喜事，但看上去，河內似乎對這一切已經坦然接受。

可是，事情還沒有結束。生產後過段日子就會再次發情，而河內的發情只能靠性交與內射抑制，在無法避孕的情況下，有很高的機率還會再懷孕。但如果不懷孕，發情期一樣會按月造訪。

每增加一個孩子，河內身上就多一道枷鎖。他愈是深愛孩子，就愈無法割捨這個世界。

河內的不幸與犬飼的願望緊緊交纏在一起。他下次發情會是什麼時候？上一胎是兩個月後，這次應該也差不多吧。

犬飼就快要與他合而為一了。即便他多麼不願意，都得與犬飼交合。犬飼要與這個命中注定的唯一配對性交，將精液射進他的體內，讓他懷上自己的孩子。犬飼刻意與他維持這樣的關係，有如惡魔一般，對這天的到來殷殷期盼。事到如今，犬飼已經無法回頭了。

高級飯店的大議廳中，正舉行一場落成紀念派對。派對會場奢靡豪華，為呼應十月分的季節，場內四處可見新鮮的楓葉與栗子，為賓客呈現出秋季的氛圍。

與會者個個身穿高級名牌，看起來都是經過社會歷練的人物。這讓犬飼懷念不已，他好久沒有感受到這樣的氣氛了，旁邊的上司駒木則渾身不自在地扭來扭去。

「好不習慣這種場面喔。」駒木看上去十分緊張，「畢竟我們不是醫生嘛。」

「是啊。」

話雖如此，這樣呆站在牆邊有意義嗎？這種時候應該要走入人群、積極拓展業務才對吧？然而，駒木卻沒有意思這麼做。

前天香取部長從車站的樓梯上摔落，把腿摔斷了，雖然沒有生命危險，但必須開刀，住院治療兩個禮拜。

因課長正在出差，這段期間就由駒木主任代理部長的職務。而他負責的第一件重要工作，就是參加這場「青町綜合醫院」的落成紀念派對。駒木本想以

「部長住院」為由推掉這場邀約，但部長本人卻堅持駒木一定要到場致意，因為院長是公司的重要客戶。

「青町綜合醫院」的院長原是大學醫院的腎臟病權威主治醫生，他將老家的醫院改建後，呼朋引伴成立了這間綜合醫院。

院長在大學醫院時就經常訂購kawai的產品。因駒木沒有見過院長，而犬飼在分公司曾跟院長有過幾面之緣，所以才拜託犬飼跟他一同來參加。說老實話，犬飼其實不太想來，但駒木跟他同為育兒夥伴，又經常通融他請假，所以他不好意思拒絕。

駒木一到場，就帶著犬飼去向院長打招呼。因很少有α擔任業務人員，所以院長還記得犬飼，他也表達了對營業部長傷勢的關心。

致意結束後，兩人的任務順利落幕，但也不能就這樣拍拍屁股走人。駒木被會場的奢華氣氛震攝住了，從頭到尾都像尊銅像一樣站在牆邊。

「我肚子餓了，去拿點東西吃，順便到處逛逛。」犬飼對駒木說完，便逕自走向取餐區。

他從小就經常到高級飯店參加派對，父母大概是想要讓兩兄弟學習社交禮儀，所以經常帶他們出來見世面，偶爾還會見到名人或政治家。

這場派對是採站著吃的形式，犬飼一邊拿食物，一邊在會場四處走動，途中遇到了幾位有跟他訂購產品的診所主治醫生，他上前與他們打招呼，閒話家常，並簡單打探消息，像是現在流行哪種手術方式、哪位醫生又開了醫院……等，相信這些情報今後必能派上用場。

「貴廣。」

聽到有人喊自己的名字，犬飼愕然回頭，發現是哥哥貴明。他暗自在心中「嘖」了一聲，早知道哥哥在場，他就應該編個理由早早離開。

「好久不見，貴明哥。」

自從兩個月前的那通簡訊後，他就沒跟哥哥聯絡了。

「我們有整整一年沒見了吧？連媽的生日你都沒來參加，沒血沒淚的傢伙。」

面對哥哥的指責，犬飼反駁道：「我工作很忙，而且我有送禮物給媽，你沒聽她說嗎？」

哥哥沒有回答，逕自問到：「你怎麼在這裡？」然後掃視了一下四周。

犬飼遺傳到挪威人祖父，髮色和眼珠的顏色都很淡，經常有人問他是不是混血兒。而哥哥貴明雖然輪廓深邃，卻生了一雙單眼皮和一對薄唇，完全看不出有外國血統。因兩人長相實在差太多，不說根本看不出是兄弟。

「我是來工作的，我的伴侶沒有來。」

「什麼嘛……」哥哥嘆了口氣。他果然是在找河內，這種態度令犬飼怒火中燒。

「貴廣，每個人年輕時都會犯錯。」

聽到他那跟爸爸一模一樣的口氣，一股不好的預感油然而生。

「現在事情還有轉圜的餘地，有錯就要認錯，然後要想辦法改錯。」

明白哥哥的意思後，犬飼忍不住火冒三丈。只因為河內是Ω，在他們家族中，他們倆的關係就被歸類為「過錯」。

「我不懂你在說什麼。」

「你跟你的伴侶是不同屬性，分別有更適合你們的未來。」

犬飼深吸了一口氣，將右手放在胸前。

「你好像誤會了一件事，我來幫你訂正一下。不是我的伴侶選擇了我，而是我選擇了他。」

哥哥聳了聳肩，嗤笑道：「你選擇他？別忘了，他可是個Ω喔。」

「他是。」

「如果你對他那麼有信心，為什麼不把他帶回家裡，讓我們家人見識見識？」

犬飼笑了。

「我才不要。他又不是展示品，你如果想見他，自己來我家找他。」

「去你家？如果那個不要臉的Ω勾引我怎麼辦？」

犬飼原本強押著怒火冷靜對應，但這句話讓他的理智斷了線，將手中的紅酒潑向哥哥胸前。

兩兄弟都一樣，禮節早已刻進了他們的骨子裡。哥哥被潑紅酒後，只是狠狠瞪著犬飼，沒有驚聲引發騷動，任憑西裝被紅酒染紅。

「我很想現在就掐死你，但今天先放你一馬。告訴你，我的伴侶只是一時無法控制發情，他不會隨便勾引人，不是你口中那種沒水準的人。你如果敢再侮辱他一次，我就跟家裡斷絕關係。」

犬飼將空酒杯放在桌上，走向已化作壁花的駒木。

「對不起，我身體不太舒服，要先回去了。」

「咦?你還好嗎？」駒木一副坐立不安的模樣。

「回去休息應該就會好了。」犬飼說完，便離開了派對現場。

他坐上計程車，對司機說了家裡地址。哥哥說的話不斷在他的腦中迴盪，怒火在心中熊熊燃燒。他好想趕快見到河內，抱抱小優和廣太，磨蹭他們的臉頰。他好想……趕快回到自己的家。

包包裡的手機響了，他直覺是哥哥打來的，本來連看都不想看，但又擔心是河內或澤子阿姨打來聯絡孩子的事，所以還是拿出了手機。

是河內打來的，他正要接起時，電話就掛了。回撥也沒有接，傳訊也已讀不回。

犬飼回到家裡已是晚上十點多，但家裡只有澤子阿姨跟兩個孩子，河內並沒有回家。

「健太郎先生傍晚跟我聯絡，說他今晚可能無法回家，請我在少爺你回來前幫忙照顧兩個孩子。我時間上是沒關係，只是……」澤子阿姨難得說話支支吾吾的，「之前健太郎先生每次要晚歸，都會跟我交代原因，但他今天什麼都沒說，感覺好像非常匆忙……」

河內偶爾也會接到急件工作，又或是必須招待客戶，但像今天這樣沒有交代原因就晚歸實在太不尋常了。犬飼放心不下，決定聯絡河內的上司野中，她是公司裡唯一知道他們結婚的人。

「您好，我是犬飼，不好意思請問一下，河內到現在都還沒有回家，是還在公司加班嗎？」

「沒有耶。」野中回答，「他說他身體不舒服，下午很早就先走了，他沒有回家嗎？」

「咦？」

「……會不會在醫院呢？」

犬飼向野中道謝後便掛斷電話，打給河內平常去的Ω專科醫院，但醫院說河內沒有去看診，也沒有在住院。

醫院人員非常機靈，立刻幫忙聯絡當時已經下班的主治醫生，請他跟犬飼聯絡。主治醫生告訴犬飼，河內三天前有來過醫院，當時他為了保險起見，先開了兩天份的強效阻化劑給河內。因河內第一胎是在產後兩個月發情，算算時間，下一次發情期應該會在下下禮拜造訪。

這些犬飼都知道……

「可是河內先生吃阻化劑根本沒效不是嗎？」

犬飼忍不住大吼。

「不是完全沒效，只是藥效很短，但這些時間已足夠讓他搭計程車來醫院。」

犬飼請主治醫生若河內去看診立刻與他聯絡，並請澤子阿姨幫忙照顧孩子一個晚上。

「河內先生可能發情昏倒了，他的發情症狀非常嚴重，我去外面找他。」

澤子阿姨告訴犬飼，如果家裡接到任何消息會立刻跟他聯絡。犬飼把孩子交給澤子阿姨，只拿了手機與錢包便衝出家門。

然而，他根本不知道從何找起，他去了河內常去的超市和公園，但都沒找到人，所到之處也沒有河內的氣味。

中途犬飼不斷打電話給河內。河內的發情症狀若不趕快處理，很可能會因此喪命。再不設法找到他，他可能會死在躲藏的地方，又或是被不認識的α強暴……這些都是犬飼無法接受的結果。

犬飼好想救河內，卻無能為力；好想找到河內，卻無從找起。他不知該向誰求救，即便心急如焚，也只能像隻飢餓的野狗，在入夜的街道到處找尋徘徊。不好的預感在心中不斷膨脹，河內會不會躲起來輕生了？就像之前一樣，寧可選擇一死，也不願與他做愛、為他懷孕生子。

犬飼以為河內這次絕對不會這麼做，因為河內非常疼愛兩個孩子，也衷心為廣太的出生感到高興，對照顧孩子樂在其中。犬飼也是，有了澤子阿姨的幫忙，育兒生活其實非常輕鬆，河內看起來也很快樂。他以為，河內這次肯定會為了活下去與他性交、為他懷孕。

「求你了！接電話！快接快接快接！」

犬飼對著電話怒吼的行為，引來了路人的側目，但他不在乎別人的眼光，此時此刻他只想知道河內在哪裡，有誰知道河內到底躲在哪裡？

就在這時，犬飼收到了河內的簡訊，看到「好痛苦」三個字時，犬飼雙手發抖，幾乎要無法呼吸。

他立刻回傳：「你在哪裡？」

但河內已讀未回。

「你在哪？」

「你在做什麼？」

「我馬上過去找你！」

「拜託你告訴我！」

連傳了好幾封訊息過去後，河內傳來疑似是旅館的地址和房號。犬飼以迅雷不及掩耳的速度坐上計程車，朝旅館方向趕去。途中他傳了好幾封訊息給河內，但河內都沒有讀。

計程車從犬飼所在的公園出發，開了大約十五分鐘，照著地址抵達了一間賓館。犬飼衝到櫃台，向對方說明狀況，說他的Ω伴侶現在人在幾號房，請對方幫忙開門。因常有發情的Ω躲進旅館避難，所以櫃台人員相當熟練，還問犬飼需不需要幫他叫Ω專用的救護車。犬飼表示他要先去看看狀況，若有需要再拜託對方。

到達三樓後，犬飼根本不用看房號，就知道河內位於哪一個房間。

「味道好濃喔……」走廊飄著濃濃的費洛蒙氣味，就連身為β的櫃檯人員都被熏到滿臉通紅。

開完鎖後，犬飼立刻進房把門關上，否則可能連櫃檯人員都失去理智。房內充滿了河內的費洛蒙，濃到犬飼幾乎無法呼吸，他知道自己的理智正在一點一滴地崩解。

河內穿著西裝躺在床上，手機和公事包都掉在床邊。河內循聲看去，發現來人是犬飼……濕潤的雙眸立刻流下斗大的淚珠。

「我好害怕……」

他的雙頰通紅，雙唇不斷顫抖。

「我好怕自己會死掉……」

手機旁還掉了處方箋和阻化劑的空藥袋。看來，河內是在公司發現發情期到訪後，立刻吃了阻化劑，逃進這間賓館。可是，為什麼他沒有去醫院，而是前往賓館呢……？

「我不想做愛……」

說著說著，河內又掉下眼淚。

「我不想懷孕……」

「可是……可是……」他全身發抖。

「我不想死……好痛苦……我想回家……」

他抖著肩膀哭了起來。

「我好想回家……」

河內選擇活下去，所以才會聯絡犬飼。這讓犬飼很高興，他的身體非常興奮，內心卻感到空虛無比。因為河內口口聲聲說他不想死，卻又否認他這個伴侶的存在。

「跟我做，可是會懷孕的喔。」

犬飼的語氣冰冷到連自己都不敢相信。眼前這個男人為了活下去，寧可跟不愛的男人上床、懷孕生子。噢不，是他逼這個男人這麼做的。這個男人曾經想走上絕路，是犬飼用血緣、情意、孩子……各種方式阻擾了他。

「沒關係……」

河內顫抖著下顎。

「懷孕也沒關係……拜託你，不要讓我有感覺……」

「什麼意思？」

「對我做什麼都沒關係，怎麼做都無所謂……你可以粗暴地對待我，弄痛我……不要讓我有舒服的感覺。」

……多麼殘酷的人吶，怎麼能說出如此殘酷的話呢？犬飼不是治療工具，他是有血有淚的人，但是……此時此刻他只能點頭說好，因為他無法違抗本能，無法抵擋這濃烈的費洛蒙與命運。

犬飼用領帶矇住河內的雙眼，將毛巾塞入他的嘴巴，剝奪他的視覺與聲音，將他的雙手反綁在背後，從後面進入他，用力抽插了起來，完全無視河內嗚咽般的呻吟聲。

犬飼照河內的意思，粗暴地侵犯了他，對他的反應視而不見，以自己的快感為優先。但無論犬飼如何折磨河內，河內的陰莖都是又硬又挺，每當犬飼將之握住，河內就會像開關遭觸發一般大量射精。

「我都弄痛你了，怎麼還這麼有感覺呢？」

即便犬飼捏他的睪丸、用指甲刮弄他的陰莖，河內還是十分堅挺。不只是陰莖，他的乳頭也是又漲又挺，不用擠就自行流出乳汁。

只要犬飼含住他腫脹的乳頭，河內就會直接射精，並分泌多到會從犬飼口中溢出的大量乳汁。犬飼一下從前面，一下從後面，一次又一次地侵犯他，單方面地將慾望注入他的體內。河內則不斷地噴出乳汁與精液，然後用力收縮，緊緊夾住犬飼的炙熱。每當犬飼筋疲力盡，河內就會分泌濃烈的費洛蒙，控訴著他還要、要犬飼射更多進來，刺激犬飼的性衝動。

兩人就這麼一路做到隔天早上，河內的身體才停止釋放費洛蒙。在接連不停的性愛之後，河內被折騰得不成人形，犬飼也因為射太多次而疲憊不堪。

綁在河內臉上的領帶在中途脫落，被眼淚浸得濕漉漉的。犬飼幫河內拿掉口中的毛巾，將他的手鬆綁時，發現上面留下了淡淡的痕跡，看來他綁太緊了。

之後，犬飼將河內的身體擦乾淨，幫他蓋上棉被，自己則到浴室沖澡。舒服到一個極致後，身體竟有如深陷泥濘般沉重，如今的他已是寸步難行，還好今天是星期六，兩人都不用上班。

得知河內去向後，犬飼曾一度聯絡澤子阿姨，之後就沒時間聯絡她了。他補傳簡訊給阿姨：「我找到河內了，他的發情症狀已經解除，但身體還是非常疲倦，還得休息一下，真的很抱歉，可以拜託妳再幫我們照顧孩子一下嗎？」

澤子阿姨回道：「健太郎先生沒事就好，要我照顧孩子到幾點都沒問題。你找了一整個晚上，應該也很累了吧？好好休息喔，小優跟廣太都很好。」

犬飼知道自己太依賴澤子阿姨了，但他還是很慶幸有阿姨的幫忙。他隨後請櫃檯幫他們將退房時間延長至下午，櫃檯人員建議他要不要再住一天，他懶得思考，便答應了下來。好累……真的好累……犬飼拖著沉重的身體，爬到昏睡中的河內身邊，閉上雙眼沉沉睡去。

待犬飼醒來時已是下午兩點多，他感覺到河內在動，便睜開了眼睛。兩人四目相對時，河內尷尬地移開視線，這些小動作讓犬飼的心隱隱作痛。

「我的手……」河內呢喃道，他沒有看向犬飼，將手舉起，「我的手……還在抖。」

他的手確實在發抖。Ω發情時都會發抖，但照理來說，他們的性交次數早已足以解除發情。

犬飼聞到一股飄飄然的甜香，將鼻子靠近河內脖子嗅了一會兒說：「費洛蒙的味道還是很濃，好像沒有完全解除。」

「我們都做成這樣了，怎麼會……」

「我也不清楚。」

河內絕望地趴在床上，犬飼則拿出手機，在網頁上搜尋「發情無法解除」。

「會不會是這個原因？上面寫說，如果短時間內服用太多強效阻化劑，在某些情況下，性交也只能暫時解除發情期，過段時間又會復發。」

河內也靠了過來，跟犬飼一起看手機，他身上的甜香直衝犬飼的腦門。

「那要怎麼辦……」

犬飼將網頁往下滑，果然不出所料，必須繼續性交。看到這裡，兩人陷入一片沉默。河內的發情只消除一半，且阻化劑對他沒效，在這樣的情況下，犬飼不可能讓他外出走動。

河內雙手抱頭，然而，除了性交也別無他法。靜默了一陣後，河內輕聲問犬飼說：「你還能做嗎？」

「可以是可以，但不能再玩粗暴的了，那真的很累……」

這是他的真心話。

「喔……這樣啊。」

「一般的就沒問題。」

河內再次不語，然後將枕頭拉過來，蓋住自己的臉。

「可以這樣做嗎？」

「不太好吧……你可以側躺嗎？」

「看你怎樣方便吧。」

獲得河內的許可後，犬飼整個人貼到河內的後背上。剛才聞到費洛蒙的味道後，犬飼就已經勃起了，他單手抓住河內的膝蓋後方，稍微打開，隨後挺進那個已被蹂躪殆盡的地方。

「啊……唔……」

河內將臉埋在枕頭中呻吟。犬飼從背後伸長雙手，玩弄他的陰莖和乳頭，下半身則用力抽插。

「啊……啊……哈……」

這是犬飼昨天沒聽到的聲音，低沉卻有如蜜糖般甘甜嬌聲。

「不用摸陰莖跟乳頭……」河內想要撥開犬飼愛撫的手，但犬飼拒絕服從。

「這樣你會比較緊，我也能快一點射。」

他快速抽動一陣後，將大量精液注入了河內體內。犬飼射完後，河內立刻就要移開身子，卻被犬飼抓住腰骨，一把拉了回來。

「先保持這個姿勢比較好。」

「可是……你還插在裡面……」

「現在拔出來精液會流出來，等你停止發抖我再拔出來。」

河內點點頭，似乎是接受了。原本犬飼只打算插著不動，卻不小心興奮了起來，在河內的體內逐漸脹大。彷彿在回應犬飼似的，河內發現自己開始夾緊，不禁尷尬地想要逃開。

「……再等一下。」

「可是……」

河內轉過頭看著犬飼，兩人近距離四目交接，犬飼趁勢吻了河內。見河內要扭過頭，他按住河內的臉，將舌頭深入其中，然後用撫摸他的乳頭，任憑手指沾滿乳汁，此時他的陰莖已腫漲得相當痛苦。

犬飼溫柔地撫摸河內的身體，將他的身體翻過來呈趴姿。見河內沒有抵抗，犬飼開始前後抽插，享受河內的甬道。

「啊……啊……」

河內舒服地不斷嬌喘，犬飼受到他的淫聲刺激，動得更起勁了。他吸吮著河內的後頸，用力得彷彿要吸出痕跡來，那裡有他們命中注定的證明。

直到接近傍晚，河內才停止發抖，不再釋放費洛蒙。為了解除發情期，兩人經歷了一場沒有中場休息的馬拉松式性愛，河內已被消耗殆盡，雙腿發軟，連站都站不起來。犬飼將他抱上計程車後座後，司機見河內全身癱軟，還一臉擔心地問犬飼：「他還好嗎？」

回到家後，犬飼原本想讓河內直接進房休息，但小優發現河內回家，立刻大哭著喊媽媽，廣太受到影響，也跟著哇哇大哭，兩個孩子彷彿在大合唱一般哭成一團。犬飼表示由他來照顧孩子，但河內說：「他們應該是太久沒看到媽媽了。」便把兩個孩子帶進了臥室。

小優和廣太都緊黏著河內，吵著要喝奶。河內拉起襯衫，右邊餵小優，左邊餵廣太，兩人都喝得渾然忘我。河內的臉上盡是疲憊，但還是溫柔地摸著兩個孩子的頭。他很想多陪陪孩子，但身體似乎已到達極限，抱著兩個孩子搖晃晃的，一副快要昏倒的模樣。

「我來照顧他們，你先睡吧。」

「沒關係，他們還想喝奶。」河內不肯。

「不要管他們了，趕快休息。」

犬飼將手撫上河內弓起的背，沒想到河內竟嚇得整個人抖了一下。犬飼被他的反應嚇到，趕緊把手收回。河內轉頭看向犬飼……眼中充滿了恐懼。

「抱歉，嚇到你了。」

「喔，沒關係……」

幾個小時前，他們還躺在同一張床上，一絲不掛地抱在一起，不斷親吻交纏。犬飼身上還留有當時的感觸，沒想到才過了幾個小時，僅是摸背就能把河內嚇成這樣。但仔細想想也是，除了發情時，犬飼從來沒有碰過他。

河內身邊的高牆，只有在發情性交時才會暫時卸除，之後就會恢復原狀。這讓犬飼明白，只有在河內為了活下去跟他做愛時，他才能觸碰到河內。

兩人陷入無法可解的尷尬氣氛，一片沉默中，廣太睡著了。河內重心不穩地站起，將廣太放進嬰兒床，將小優放到床上，自己則趴在他身邊。

「你換個衣服再睡吧。」

河內還穿著昨天的西裝。

「不用，好麻煩。」

「你這樣沒辦法好好休息，至少把西裝褲脫掉吧……」

「……不用，一切無所謂了。」

河內閉上眼睛，嘆了一大口氣，一副嫌他煩的樣子。好意被拒絕讓犬飼相當難過，但既然河內不願意，他也無意強人所難，只能在河內睡著後為他蓋上毯子。

犬飼刷完牙、換好衣服後回到臥室，廣太正好哭了起來。見河內熟睡著，他趕緊抱起廣太離開臥室。換完尿布後，廣太便冷靜了下來，在爸爸懷中睡著了。

犬飼很清楚，河內深愛著孩子，他跟犬飼在一起，只是因為犬飼是孩子的爸爸。他在發情期必須借用犬飼的身體……說得極端一點，只需要精液。發情期一過，便將犬飼棄之不理。

犬飼深愛著河內，也希望河內同樣愛著他。然而他的愛，對河內而言卻是個棘手的包袱。

他深愛著河內，然而他的性愛與隨之而來的妊娠，卻也深深折磨著河內。這樣是愛嗎？他對河內的愛，真的能稱為「愛」嗎？面對他這種將肉體結合作為心靈連結的男人，河內即便沒有愛，也只能留在他身邊。

河內躲進賓館的兩天後，犬飼於跑完業務後請了兩小時的假，獨自造訪河內固定去的Ω專科醫院。

他拜託主治醫生不要告訴河內自己來過，並將事情的來龍去脈告訴主治醫生……河內發情後躲進賓館，吃了阻化劑沒效，一直撐到瀕死之際才肯與他聯絡。

「他在尋死和與我性交之間非常猶豫。」

「這樣啊……」聽犬飼淡定的說完後，主治醫生一臉凝重。

「都已經生了兩個孩子了，他還是這樣。我想這次他應該也會懷孕，懷孕期間不會發情倒還好，但我擔心他生完後，一旦發情又會故態復萌，請問您有辦法可以幫我們嗎？」

主治醫生雙手抱胸，沉思了一陣。經過一陣令人窒息的靜默後，他終於開口。

「因發情程度因人而異，長年以來，Ω的學者專家一直在研究發情的控制問題。目前各國都在開發阻化劑，也已開發出不錯的藥物，但河內先生原本的症狀非常輕微，直到快滿三十五歲才突然失控，這可能是一種身體的反撲，所以之後才會格外嚴重。就現狀而言，還是只能靠性交控制。」

主治醫生的意思是，現在他們無計可施，無法幫助河內。

「就你的敘述，河內先生應該是不想『與男性發生性行為』、『懷孕』，所以才會自我傷害，是嗎？」

……這句話有如一隻利箭，刺穿了犬飼的心。

「第二胎從驗出到生產，一切都很正常。生完第一胎他有點精神衰弱，但現在早上有家政婦幫我們照顧孩子，他精神還滿穩定的。」

犬飼很清楚，自己這是在顧左右而言他。

「既然生產和帶小孩都很順利，那代表他已經能夠接受自己懷孕。因此，問題應該在於『與男性發生性行為』。」

這個結論彷彿在指責犬飼是罪魁禍首。

「……也許吧。」犬飼肯定得很消極。

主治醫生輕輕點了幾下頭。

「河內先生原本打算與女性結婚。Ω的性向也不是輕易就能改變，他的心理無法接受是很正常的。但是就目前的狀況來說，他只能與命定對象，也就是與你性交，才能度過發情期。不過，『性交』也不是只有一種方法。」

「還有什麼方法？」犬飼問。

「我曾經讓他試過一次……」醫生拿出平板電腦。

河內那天究竟為什麼躲進賓館？既然他沒有主動提，犬飼也就當作沒有這回事。

即便心裡在意，犬飼還是和兩個孩子、同性伴侶回歸到平常的生活，而且……他們可能即將要有第三個孩子。即便家庭成員繼續增加，兩人之間大概還是得永遠保持這種微妙的距離。

河內在客廳的地墊上餵廣太喝母乳、哄他睡覺；小優則在墊子上滾來滾去，接著河內抓住小優，與他一起在墊子上打滾歡笑。看著眼前那幸福無比的光景，犬飼的心中卻盡是寂寞。為什麼明明是一家人，只有他無法融入其中？

小優也有自己的一半血統不是嗎？為什麼那孩子可以想抱河內就抱，想撒嬌就撒嬌呢？真令人羨慕……不公平！——犬飼很驚訝自己有這種想法，他怎麼會嫉妒一個這麼小的孩子？這太不正常了！雖然他不斷提醒自己要成熟一點，但還是經常感到醋意。

在負面情緒的影響下，犬飼每每看到孩子們跟河內撒嬌，都感到非常痛苦；每當感到醋意，他都對自己感到作嘔。

以前他只要一下班，就會迫不及待地趕回家看孩子；現在則是刻意留在公司加班，把沒必要馬上處理的工作做完，等到小優和廣太睡著後才回家。河內問他：「你最近很忙嗎？」他還撒謊說：「是啊，最近的企畫案很忙。」

這天，犬飼一整個上午都在跑業務，回到公司已過了中午。他在總公司附近的麵包店買了三明治，自己坐在公園的長椅上吃午餐。午餐時間各家餐廳都是人滿為患，最近只要沒有下雨，犬飼都是買三明治到公園來吃。

進入十一月後，雖然天氣變冷了，空氣卻清新宜人。犬飼看著隨風搖曳的銀杏樹發呆，突然，他看到一個熟悉的身影，犬飼以為自己看錯了，但定睛一看，真的是河內。

以前在分公司時，他經常能在公司見到河內，但自從調來總公司後，就沒有在上班時間見過河內了。

河內似乎也注意到了他，他原本很擔心河內會假裝不認識自己，但他卻毫不避諱地向他走來。

犬飼有時也會在家看到河內穿西裝的模樣，但在外面看起來更加意氣風發。河內看起來非常能幹，全身散發出一股值得信賴的上司風範。任誰都不會想到這人是個Ω，而且還生了兩個小孩。

「你都在這裡吃午餐啊？」

河內低頭看向犬飼吃到一半的三明治。

「對呀，在室外吃比較舒服。你怎麼在這裡？」

「因為啊……」河內輕搖手上的便利商店塑膠袋，「總公司要我們把說明用的產品範本送過來，本來是菜鳥要送來的，但他臨時身體不舒服，就由我代為跑腿。」

河內說著說著，便坐到了犬飼旁邊，從塑膠袋裡拿出便當。

「我中午出來的比較晚，這附近的餐廳每一家都大排長龍，嚇我一跳。」

「對呀，這附近是辦公商圈，中午到處都是人。」

「連便利商店的內用區都客滿了，我買便當出來找地方吃，就看到你坐在這裡。」

犬飼刻意放慢吃三明治的速度，這樣他就可以理所當然地待在河內身邊。這些小動作讓他感到很空虛，明明兩人已經結婚，卻只有他在單相思。

犬飼心中灰濛濛的，天空卻是藍澄澄的一片。因長椅位於陰影處，偶爾會有冷風迎面吹來。

「這裡好舒服喔。」

聽到河內喜歡自己喜歡的地方，犬飼感到相當高興。河內大概是肚子餓了，一口接一口吃著便當，他若不加快速度，河內就要先吃完了。

這時，河內的筷子突然停了下來。只見一個穿著迷你裙的年輕女性，牽著一個看起來跟小優差不多大的小男孩走了過去。看到河內追隨那對母子的眼神，犬飼不禁感到心中一沉……那樣的形式，應該才是河內所渴望的家庭吧。

「不知道我有沒有懷孕……」河內喃喃自語道。

為什麼河內要選在這個時候，提起他們一直在迴避的話題呢？犬飼不知道，只能用「對啊……」敷衍帶過。

「這兩胎都生男生，希望下一胎是個女生。」

這句話讓犬飼非常困惑，因為聽起來，好像河內很期待這個孩子誕生似的。河內不是不想懷孕嗎？不是一直撐到瀕死之際，才勉強跟男人……跟他做愛嗎？這個男的到底在想什麼？他真的不明白。

醫生說過，河內可以接受懷孕生子，只是不能接受與男人發生性行為。

犬飼將吃到一半的三明治放進紙袋。此時他的心情非常沉重，已吃不下任何東西。他早就想跟河內商量那件事，只是一直開不了口，而此時此刻，他覺得自己似乎說得出口。

「……你孕期不會發情，但生完應該又會發情對吧？」

河內看向他。

「應該吧？怎麼了？」

「雖然現在談這個有點早，我在想……如果你這次懷孕了，生完後發情，要不要換個方式處理？」

「換個方式？」河內一臉訝異。

「比方說，你要不要再試一次性交療法？」

聽到這裡，河內的臉抽了一下。

「我的意思是，你可以用我的精子來進行性交療法，這樣就不用跟我有肉體上的接觸，但還是可以解除發情。雖然這樣可能會懷孕，但應該可以大幅減少你的負擔。」

主治醫師也說，用伴侶的精子進行性交療法是最好的方式。

「你覺得如何？」

見河內不發一語，犬飼問道。

「……應該可行，我會考慮看看。」

河內粗魯地蓋上吃到一半的便當，起身說：「我要走了。」整個人散發出一股不悅的氣息，難道他生氣了嗎？

「等、等一下……」

「再見。」河內說完便快步離去。

在犬飼看來，這是最能滿足河內期望的做法了，但他的反應卻不如預期。大概是一切來得太突然，他一時無法接受吧？冷靜思考過後，他就會發現這其實是最好的解決方法。

河內的態度讓犬飼感到忐忑不安，他在心中暗自決定，回到家一定要跟河內好好談談。

「我已經不知道該怎麼做了！」

犬飼雙手抱頭叫道，水口聽完他的故事後也是蹙眉抱胸。

燒肉在烤盤上吱吱作響的聲音、店員精神飽滿的吆喝聲、食客吵雜的喧鬧聲……整家燒肉店鬧哄哄的，只有他們這一桌一片愁雲慘霧。

水口是犬飼大學時代的好友，兩人雖然進入同一間公司，但水口是總公司的研究人員，犬飼則是分公司的業務人員，兩人相隔兩地，再加上彼此都很忙，所以只有偶爾互傳簡訊聯絡。

接到犬飼邀約吃飯的簡訊時，水口秒回：「我們很久沒見了呢！當然好啊！」水口還在唸大學時就娶了現在的老婆，兩人已生了三個孩子。這天兩人才在燒肉店剛坐下，水口便迫不及待地將手機中的影片秀給犬飼看：「你看我女兒，超級可愛的！」水口第三胎好不容易盼到了女兒，影片中的小女孩在他太太懷中開心地笑著。

「你呢？交女朋友了嗎？」

雖然這事情愈少人知道愈好，但水口是個值得信任的朋友。

「其實我結婚了。」

水口先是目瞪口呆了幾秒，然後大叫道：「真的假的！！」把其他桌的客人都嚇了一跳。

「而且還生了兩個小孩。」

這時店員過來點餐，打斷了兩人的談話。

「我怎麼完全沒聽說？」點完餐後，水口繼續追問，「什麼時候的事啊？你怎麼都沒介紹一下？你老婆長怎樣？快給我看照片！」

面對水口連環炮似的發問，犬飼先是環視了一下周遭。他今天特地選了離公司較遠的餐廳，確認店裡沒有認識的人後，才向水口娓娓道來——

他的伴侶是同公司的男性Ω，該男不想讓大家知道他們的事，所以全公司只有對方的上司知道他們已經結婚生子。

一開始兩人是因為費洛蒙而意外結合，有了小孩後，對方還是不願意跟他結婚。可是對方發情症狀非常嚴重，阻化劑完全起不了作用，但又不願意跟男人做愛，因而差點死在病床上。他為了讓對方接受治療，單方面與他登記結婚。

水口聽得很認真，期間不斷點頭。點的肉送來後，兩人也完全沒有要烤的意思，惹得路過的店員一臉狐疑地看著他們。

「唉……」水口聽完事情的來龍去脈後，垂下肩膀嘆了一口氣。

「這整件事太離奇了，我不知道該說什麼才好。」

水口的誠實，讓犬飼聽完只能苦笑。

「我跟他都很喜歡小孩，與其說是夫妻，更像是一起養小孩的夥伴。其實老二出生後，我們的關係好轉很多。但他發情期來時，明知道要跟我性交才能解除，卻冒著生命危險逃跑了，直到最後關頭才跟我聯絡……還當著我的面說他不喜歡做愛。但這也是無可厚非，畢竟他本來有論及婚嫁的女朋友。」

犬飼把心裡的話全說了出來，心情卻沒有比較輕鬆。

「他吃阻化劑完全沒用，發情期不性交就會死。我希望他好好活著，再怎麼樣也該為了孩子活下去。我想說……既然他寧死也不願做愛，那就乾脆接受性交療法，減輕心理負擔。可是自從我向他提議後，我們的關係就開始走樣了……」

公園相遇的那天晚上，河內就對犬飼愛理不理，不願與他對到眼。一開始犬飼還以為河內只是一時心情不好，然而到了隔天，河內卻還是一樣的態度。

每次犬飼想要找他聊天，他都用各種藉口避開犬飼，像是「我突然想到有件事還沒處理」、「我現在很忙」，然後躲進別的房間。他對孩子一如往常地笑容滿面，對犬飼卻擺著一張死人臉。就連澤子阿姨都注意到兩人之間的變化，還問犬飼他們是不是吵架了。

有天，犬飼終於鼓起勇氣問他：「你在生我的氣嗎？有話就直說吧。」

「並沒有。」然而，換來的卻是河內冷漠的回答。是因為不喜歡性交療法嗎？犬飼完全不明白為何河內要冷落自己，面對他的有話不說，只能手足無措。

「河內會不會是對我生厭了呢？」正當犬飼百思不得其解時，他發現了「那樣東西」。

那天犬飼早早就做完工作，難得比河內先回到家。澤子阿姨說，小優下午就開始拉肚子，精神卻又很好，所以就連育兒老手澤子阿姨都很猶豫該不該帶他去看醫生。

為保險起見，犬飼決定還是帶小優去醫院一趟。因到處找不到小優的健保卡，犬飼懷著愧疚的心情，擅自打開了河內的抽屜，結果沒找到健保卡，反倒找到一張摺起來的離婚登記申請書。

幸好醫院留有小優的記錄，即便沒有健保卡，最後還是順利帶小優看完醫生。小優的身體沒有大礙，但自從那天起，犬飼便失眠了。一想到河內可能隨時跟自己提離婚、孩子又該何去何從，犬飼就害怕得睡不著覺，更無法面對河內。睡眠不足導致犬飼注意力渙散，在公司不斷犯一些低等錯誤，就連上司駒木都一臉擔心地向他問道：「你最近有什麼煩惱是嗎？」

水口一臉苦惱地說：「我很想給你建議，但我沒見過你的伴侶，不知道他是怎樣的人……」

「我再找時間介紹你們認識。有些事他不好對我說，在別人面前或許可以侃侃而談。」

「他要找人談，也不會找我這個第一次見面的α談，何況我還是他老公的朋友。不過，如果是同為Ω的我老婆……」水口突然拍了一下膝蓋，「這樣好了！我這週末要跟老婆孩子一起去露營一日遊，你們要不要跟我們一起去？」

「露營？不是已經十一月了嗎？」

「唉，這你就外行了。」水口嘖嘖了兩聲，「現在很流行初冬露營喔！這個季節沒有蚊蟲，又很適合篝火。」

犬飼從來沒露營過，還以為露營是夏日活動。

「一日遊不需要準備太多東西，而且營地很大，你的伴侶跟我老婆應該有機會獨處，可以讓他們聊聊。」

「我要去！這次我跟定了！」犬飼不假思索地一口答應。

狹窄的車內飄劍拔弩張。犬飼開著車，無論他跟河內說什麼，河內都是嗯嗯啊啊的隨意敷衍，不願意跟他說多餘的話。原本應該發揮調節劑作用的小優，此時正坐在後座的安全座椅上昏昏欲睡。

河內一直看著窗外。他今天身穿白色襯衫、深藍色連帽外套，配上刷白的牛仔褲，十足的室外休閒穿著，但表情卻是極其不悅，用這種方式像犬飼控訴他對這個活動毫無期待，這場邀約已造成他的負擔。

「這週末要不要一起去露營？」那天他們吃完無聲的晚餐後，犬飼向河內問道。

雖然他表面上裝得若無其事，但其實胃不斷在翻滾，不斷祈求上天讓河內答應。

「不要。」河內秒答，「優跟廣太還太小，不適合露營。」

「我是覺得廣太還太小，所以打算拜託澤子阿姨幫忙照顧。」

河內皺起眉頭，露出一臉厭惡的表情。

「你要為了出去玩，把廣太丟給澤子阿姨？」

隨著河內的厲聲，氣氛突然沉重了起來。正當犬飼打算放棄時，正在照顧廣太的澤子阿姨爽朗地說：「我覺得去露營也不錯啊！」

「我先生週末剛好不在，我正愁沒事可做呢！讓我來照顧廣太吧！」

「阿姨……這樣對妳不好意思啦……」

見河內不知所措的模樣，澤子阿姨笑了。

「我都活到這把年紀了，真的不行就會老實說。讓小朋友從小接觸大自然是很重要的，年紀不是問題喔。」

這些話從澤子阿姨口中說出來就是特別有說服力，畢竟她可是照顧過好幾個孩子的老手。河內沉默一陣後推託道：「那就犬飼跟小優兩個人去就好了……」

「別那麼說嘛，露營就是要一家人一起去啊！小孩子可是看得一清二楚，隨時都在學習喔！你們就三個人一起去吧。」

「好吧……為了小優……我就去好了。」在澤子阿姨的勸說下，河內心不甘情不願地答應了下來。犬飼偷偷看向澤子阿姨，發現阿姨正對他眨眼。原來阿姨知道他們兩個最近感情不好，才故意說這些話幫犬飼「助攻」，這讓他感激得幾乎要熱淚盈眶。

「我的朋友水口一家人也會去，他們家有三個小孩，我們打算兩家人一起烤肉，相信小優也能玩得很開心。」

河內突然板起臉來。

「你朋友也會去？不是只有我們三個人嗎？」

此時犬飼已是後悔莫及，早知道就先講清楚，但現在後悔也來不及了，河內已經一副快哭出來的樣子。

「我又不認識你朋友，連見都沒見過，你這樣也太突然……」

「喔！好久沒聽到這個名字了呢！我記得水口娶了一位Ω嘛？」

就在兩人衝突爆發之際，澤子阿姨再度輕巧地打了圓場。

「印象中他在讀大學時遇到命定對象，然後就結婚了。」

「……是啊，阿姨妳記得好清楚喔。」

「犬飼家兩位少爺的交友情況我可是摸得歷歷可數喔！可能比老爺跟太太都清楚。水口跟少爺來過家裡好幾次，是個很隨性、很好相處的人呢！」

聽到這裡，河內的怒火已消了許多。犬飼趕緊抓住時機說：「當天十點在營地集合。」等了半晌，河內才勉為其難地回：「好吧。」

之後河內的態度依然冷漠，而且再也沒有提起露營的事。犬飼原本很擔心他會反悔，直到前一天看到他在準備小優的鞋帽背包，才安下一顆心來。

出發前，河內問犬飼：「兩家人一起露營，我們不用準備任何東西嗎？」

「我已經全部交給水口處理了。」

「可是，空手去不好吧？」

「不要緊，東西由他們準備，費用我們多出一點。對了，這次是我約的，錢我會出。」

這是他與水口討論出的作法，就是不要讓河內操心。

「錢倒是無所謂……」

河內呢喃一陣後，就沒有再追問下去。

水口一家非常喜歡戶外活動，幾乎所有近郊的營地都去過，比起設備齊全的地方，他們更喜歡接近山川自然。這天要去的營地雖然設備比較老舊，但位於深山，還有河川可以玩水，他們家的小朋友也非常喜歡。

營地離犬飼家約五十分鐘車程。平時兩人在家中獨處時，河內就會先離開房間避免尷尬，但這天在車子裡，他想躲也躲不掉。

「水口是我大學同學，他的爸媽都是β，所以得知自己是α時，嚇到眼珠子都快掉出來了。是個很隨性的人！」

河內毫無反應，但犬飼仍一個人滔滔不絕地說話，想要用話語填補這空虛的空間。

「其實水口也是kawai的員工，他是研究人員。」

此話一出，河內猛然轉過頭來，僵硬的表情訴說了他心中的不安，令犬飼有些喘不過氣。

「我已經跟水口說過我們的事了，他會幫我們保守秘密。」

河內按著鎖骨處，輕喘了幾下，然後嘆了一口氣，整個人消沉了下來。

「……受不了。」

聽到河內的低語，犬飼的心不禁隱隱作痛，他壓抑著心中的恐懼，看著前方問：「受不了什麼？」

「全部。」

這個答案讓犬飼的後背一涼。他心想：「為什麼連個確切的答案都不給我呢？如果真的那麼痛苦，乾脆現在馬上讓你解脫吧？」比方說，踩緊油門撞破交通護欄，直接衝下山崖，這樣應該有很大的機率死亡。可是……小優也在車上，他不想傷害小優，也不願廣太變成孤兒。

犬飼無計可施，只好假裝沒聽見，車上的氣氛彷彿溺水一般令人窒息。

在這樣的氛圍中，小優還是一路睡到了目的地，大概是車上很好睡吧。雖然這場露營是犬飼提出的，但沉重的氣氛已讓他筋疲力盡，才剛到營地就想回家了。但來都來了，怎麼可以馬上說要走呢。

犬飼停好車，傳訊告訴水口說自己到了，水口請犬飼前往離停車場走路約五分鐘的地方，他們正在那邊搭帳。

犬飼怕河內太重，原本打算抱起小優，卻被河內搶先一步。看到河內緊緊抱著小優的模樣，犬飼感到一股無法言喻的不安，那彷彿是在向他控訴，這裡唯一能相信的只有小優，這讓犬飼感到相當心酸。

他知道河內是被逼來的，或許一開始這個決定就是錯誤的。在這樣的情況下，要怎麼跟水口一家人好好相處呢？

犬飼心裡很是不安，但還是拖著沉重的腳步前進。就在這時，前方突然傳來小孩在大哭的聲音。

「發生什麼事了……？」

河內不禁加快了腳步。

「我先去看一下。」

犬飼循聲跑了過去，只見水口穿著牛仔褲與格子襯衫，一臉無奈地呆站著，他的老婆佐里則在一旁安慰三個正在大哭的孩子。

水口看到犬飼便苦笑道：「喔，你們來啦？」

帳篷前拉了一張遮陽網，往下的桌子一片狼籍，盤子和食物散落一地，看得犬飼目瞪口呆。

「是猴子幹的好事……」水口垂下肩膀。

「……猴子？」

「剛才我去管理處買烤肉用的木柴，回來就看到五隻猴子在鬧事。我老婆本來想把牠們趕走，但擔心牠們會傷害小孩，所以先帶孩子躲到車上。我費了好大的功夫才把牠們趕走……我們露營好幾次了，還是第一次被搞成這樣。」

河內帶著小優到場後，看到這般慘狀，也忍不住瞪大了眼睛。聽犬飼說明狀況後，他向水口夫妻慰問道：「辛苦你們了，你們還好嗎？」

「我以前念書時露營過幾次，猴子嚐到甜頭後，有時會回到舊地故技重施，還是換個地方比較好。」

在河內的提議下，眾人開始收拾東西。犬飼很想幫忙，但他從來沒有收過帳篷，不知從何收起。河內見狀，便把小優交給他，與他交換工作。

因擔心猴子回來，大家顧不得自我介紹，快速地將帳篷和東西收好，搬到一片旁邊沒有樹林的寬闊草原上。河內幫忙水口重搭帳棚，打地釘時動作相當熟練。

剛才被猴子嚇得嚎啕大哭的三個孩子，都對小優這個新朋友充滿了好奇。小優一開始還有些怕生，一直躲在犬飼身後，但過沒多久，就跟比自己大一點的哥哥姊姊打成一片。

水口家因為有跟小優年紀差不多的妹妹，所以小朋友都很清楚要怎麼逗小的玩。看到小優開心得又笑又叫、緊緊跟在大孩子身後的模樣，犬飼真的很慶幸今天有帶他一起來。

不到十五分鐘，水口跟河內就重新搭好了帳棚。

「真不好意思，才剛來就請你幫忙。」佐里一臉抱歉地說。

「不會，我很久沒搭帳棚了，還好還記得怎麼搭，很高興能幫上你們的忙。」河內臉上掛著微笑，跟剛才在車上的鬱鬱寡歡判若兩人。

中午本來是要吃烤肉的，但大部分食材都被猴子咬得亂七八糟，犬飼和水口決定開車到附近的超市補貨。

佐里和河內則留在營地，一個照顧孩子，一個負責生火。

去買東西的路上，水口邊開車邊問犬飼：「河內先生就是你的伴侶吧？」

「是啊。」

「他很健談呢，感覺是個心靈手巧的人。」

聽到人家稱讚自己喜歡的人，犬飼相當高興。

「他對誰都很好，是個親切的好人。」

水口歪著頭「嗯……」了一聲。

「我只有在徵才考試時見過他一次，對他完全沒有印象。聽你說的時候，還以為他是那種很纖瘦的中性男人，結果來的時候我傻眼，居然比我們兩個還壯。他應該有在練身體吧？你的小孩真的是他生的嗎？好難想像喔！」

「真的啦！第二胎我有去陪產，孩子出生時我感動到全身發抖、淚流不止，現在他肚子裡應該有第三胎了。」

水口單手握著方向盤，一手搔了搔頭。

「我知道Ω男性也能懷孕，但真的好難想像他生小孩的樣子喔！」

就算水口無法想像，但實際上河內就是懷了犬飼的孩子，與他生了兩個小孩。

「還有啊，你的目標是什麼？」

「目標？」

「我的意思是，你希望他怎麼做？他原本喜歡的是女生，你們之間應該有不少問題吧？比方說，你希望你們能夠好好談一談，又或是過上普通的夫妻生活……之類的。」

水口將車開進超市的停車場，停好車後他沒有馬上下車，而是靜靜等待犬飼的答案。犬飼絞盡腦汁想了又想……發現自己只有一個願望。

「……我希望河內能愛我。」

「什麼鬼啊？」水口無奈地笑了。

「真的啦！我真的只有這個想法。我願意做任何事，只要他能夠承認我、愛上我……」

看到犬飼認真的神情，水口忍不住呢喃道：「你好少女喔。」

兩人買了一大堆食材回到營地，雖然時間已是下午一點多，但終於可以開始烤肉。為了避免孩子靠近火源，他們決定由水口跟河內輪流烤肉，佐里跟犬飼則負責照顧孩子吃喝。

烤肉爐的熱氣熏得河內氣喘吁吁，不時伸手擦汗。犬飼見狀，本想過去跟他交換，但看他似乎很樂在其中，只好作罷。

水口的孩子都喊河內「小優爸爸」……其實是媽媽才對，但大人都沒有糾正他們。

烤肉結束後，水口的孩子們來到河內身邊。因為河內很壯，孩子簡直愛死他了，排著隊要跟他玩，不是吊在他的手臂上，就是讓他抱起來轉圈圈。玩了一陣子後，水口家的老大說要去河邊玩，水口本想自己帶他們去，但老二突然抱著河內的腿說：「我要小優爸爸帶我去！」不顧佐里勸阻，就是堅持要河內去。

最後只好由水口、河內帶著兩個哥哥一起去，犬飼帶已經昏昏欲睡的妹妹跟小優進帳棚睡覺，佐里則負責收拾東西。

佐里對露營已是駕輕就熟，只花二十分鐘，就將孩子吃得亂七八糟的「殘局」收拾乾淨，回到帳棚裡。

「小優真的好可愛喔。」佐里靠近小優的睡臉，「他跟犬飼先生長得好像，像個小天使一樣。小孩子能療癒人心，他長得這麼可愛，更讓人想時時刻刻把他留在身邊呢！」

水口家最小的妹妹今年三歲。自佐里帶球嫁給水口，已經過了十年了，但

他們只有三個孩子，這代表他們發情時也有避孕……不過，一般都是這樣就是了。

「請問……」

「怎麼了？」佐里轉過頭來。

「……我可以跟妳請教有關Ω的事嗎？」

「可以啊，你儘管問！」

犬飼原本擔心問女生這個，會讓對方有被性騷擾的感覺，但佐里似乎毫不在意。

「我老公都跟我說了，你好像為了河內先生的事情相當苦惱吧？我很願意幫忙喔！」

犬飼很慶幸水口事先把事情告訴了佐里，這樣他就不用大費周章解釋了。

兩人走到遮陽網下，拉了兩張椅子坐了下來，他們沒有把帳篷門拉起來，以便隨時注意孩子的狀況。雖然兩個孩子已經沉沉入睡，但要在他們旁邊聊「性事」，犬飼還是有點彆扭。

佐里在家泡了一大壺焙煎茶，裝在一個熱水壺裡帶來了營地。她用馬克杯倒了一杯遞給犬飼說：「剛開始露營時，很堅持什麼都要在營地現做，習慣後就開始偷懶了。」

暖呼呼的焙煎茶香，溫柔地將犬飼的心包覆其中。

「河內先生的發情期一定得靠沒有避孕的性行為才能解除對吧？……你們兩個都辛苦了。」

聽到佐里溫暖的慰問，犬飼趕緊收住一湧而上的情緒，若不這麼做，他肯定會忍不住哭出來。

「我有朋友是兄妹兩人都是Ω，兩人的發情期的狀況差非常多，只能說，這種事情真的是因人而異。」

這些話由佐里這個Ω來說，就是特別有真實感。

「我從老公那邊聽說你們的事後，就到社群網站上的社團PO文詢問，但都沒有跟河內先生一樣重症的人。」

看來河內的體質真的是特別異常，之前醫生也說從未遇過這麼嚴重的病人。

「請問……我跟水口去買東西時，河內有跟妳提到我嗎？你們同為Ω，有些話他應該比較敢跟妳說……牢騷、怨言我都挺得住，拜託妳把聽到的全都告訴我。」

佐里靜靜地看著犬飼，那烏黑亮麗的眸子上，正照映出一個倉皇失措的男人。

「我跟河內發展得並不順利。他對我有所不滿，卻不肯告訴我原因，就連這次露營，也是我硬把他帶來的，為的就是讓他見妳。佐里小姐，你們同是Ω，他應該比較願意對妳敞開心胸，說出對我的怨言……」

佐里眼神游移，似乎在猶豫什麼。

「該跟你說嗎……」

一股不好的預感油然而生。犬飼其實不想聽，但如果不問個清楚，回到家他大概會徹夜難眠。

「我撐得住，請妳老實告訴我。」

「好……」佐里嘆了一口氣，「你們的事，我是間接從我老公那邊聽來的，所以不是很清楚內情。但是，剛才河內先生跟我獨處時，脫口而出說他想離婚。」

離婚二字刺痛了犬飼的心，他知道河內的抽屜裡有離婚登記申請書，但聽到河內真的想離婚，還是難過到幾乎要窒息。「不要……我不要離婚……」犬飼在心中喊道，他好不容易才得到河內，他們不是「命定對象」嗎？不是有……孩子嗎？

「可是……」佐里用手撐住下巴，「我覺得，他不是因為討厭你才打算離婚。」

這句話讓犬飼在絕望的深淵中看見一絲曙光。

「等一下……什、什麼意思？他不是因為討厭我才打算離婚的？」

見犬飼不斷逼近，佐里將手放在他的肩膀上說：「冷靜點。」

「抱歉我太激動了，但我真的……真的……不知道該怎麼辦……」

佐里輕撫犬飼的背。

「犬飼先生，你喜歡河內先生嗎？」

「我愛他，打從心裡愛著他。」

他單戀了河內好久好久，但河內看都不看他一眼，有好幾次他都幾乎要放棄了。雖然結合的過程是場意外，但他們有了孩子、結了婚、同住在一個屋簷下，過著安穩的日子……這對犬飼已是無以倫比的幸福。好不容易河內也慢慢適應了這樣的生活，然而，自從河內上個月發情後，一切都變了。

倘若河內從一開始就像現在一樣冷淡，他就不會奢望河內接受他，如今也不會如此受傷，只要能陪在孩子身邊、一年跟河內發生一次性行為就滿足了。

然而，實際上他們卻成了一家人，經過第二胎的陪產後，兩人的關係開始往好的方向發展。正因為如此，河內的冷漠與離婚登記申請書才會令犬飼大受打擊，他好想跟他和好如初，所以才會跟友人哭訴，搖尾乞憐，祈求能與河內修復關係。

「你不是因為他懷了你的孩子，才勉強跟他結婚的吧？」

「不是。河內先生是我的命定對象，我對他單相思好久。我真的好喜歡、好喜歡他……能跟他成為一家人，我真的好高興。」

「河內先生知道你的想法嗎？」

犬飼用力喘了一口氣。

「他知道我曾經單戀他，也知道我很愛他。」

「是嗎？」佐里的表情充滿了疑惑。

「可是，河內先生說，你已經對他感到厭煩了。」

「蛤？」犬飼大叫出聲，連忙摀住自己的嘴巴，生怕吵醒睡著的兩個孩子，還好兩個孩子都睡死了。

「……他怎麼會這樣說？」犬飼刻意壓低聲音。

「我聽起來的感覺是，河內先生並不討厭你……」

此時的犬飼已是一頭霧水。如果河內對他有愛，為什麼還要離婚，不與他廝守終生呢？

「命定對象一旦相遇，就再也離不開對方了。我很愛我老公，但是……你可別跟他說喔！他其實完全不是我喜歡的類型。但我並不在意，因為我知道，這個人能讓我幸福，讓我的心靈與身體獲得滿足。」

命定對象……聽起來很浪漫，可是……

「我發現他是我的命定對象時，其實有跟他告白，但他毅然決然地拒絕了我，可能是因為我們兩個都是男人吧……」

「嗯……」佐里歪著頭，「我是覺得，命定對象相遇時，即使沒有像我們夫妻倆一樣立刻迸出火花，也會在心中生起小小的火苗，然後愈燒愈旺。這跟費洛蒙的多寡也有關，每次發情，我都覺得我老公比平常帥好幾倍，帥到我懷疑自己的眼睛。」

這番話把犬飼逗笑了，然而笑聲後的沉默，卻讓他的心靈更加寂寥。河內發情時是怎麼看他的呢？比平常更顯魅力嗎？河內曾經是個直男，犬飼甚至不在河內的對象範圍內。這個事實永遠都不會改變，這也讓他對自己的外表很沒自信。

就在這時，小優醒了。犬飼幫他換尿布時，水口跟河內也剛好帶著兩個孩子回來。不知道他們怎麼玩的，小朋友的長褲下半部全都濕了。佐里見狀，便從車上拿來衣物讓孩子更換。水口家似乎早預料到孩子們會玩成這樣，所以事先準備了替換的衣物。

大概是玩累了，原本精神奕奕的水口家老大、老二也進到帳篷，跟兩個小小孩一起睡午覺，四個大人則在遮陽網下圍桌而坐。

「河內先生，你的臉好紅喔。」佐里說。

「是有點熱。」河內摸著臉頰苦笑。

「他剛才很認真陪我們家兩個小壞蛋玩，那兩隻完全不理我，只想跟他玩。河內先生，真的很不好意思耶。」

「不會不會，我也玩得很開心。小孩子真的好可愛喔，我是獨生子，每次看到兄弟有伴可以一起玩，都覺得好羨慕呢。」

這天並非炎炎夏日，河內卻滿頭大汗，額頭不斷冒出斗大的汗珠。

「我一直流汗，去洗把臉喔。」

大概是考慮到距離問題，河內沒有往炊事場，而是往河邊走去。犬飼看著他的背影，突然覺得這或許是個跟他談談的好機會。

「我可以去跟河內兩人單獨聊聊嗎？」

佐里用力點了點頭，伸出右手比了個讚說：「我來照顧小優！」水口也輕聲對他說：「加油。」在夥伴的強力應援下，犬飼快步往河內的方向追去，但他沒有馬上追上河內，就這麼一路追到河邊，才看到河內正蹲著用河水洗臉。

時間已超過下午三點，照水口所說，這個時間已是當日來回的遊客該準備回家的時間，但岸邊還有兩家人在玩水。

「河內先生！」犬飼從稍遠處叫道。

河內聞聲，停下手邊的動作轉過頭來，臉上全是水珠。

「……我可以跟你談談嗎？」

河內起身走向犬飼，水珠不斷從他的頭髮上低落。即便洗了臉，他還是滿臉通紅。

「什麼事？」

「我聽佐里小姐說了，你……」

「這件事很簡單。」什麼很簡單？不等犬飼意會過來，河內就說：「我想跟你離婚。」

其實犬飼看到離婚登記申請書時，就已經做好了心理準備。但由本人直接告知，簡直就是一種暴力。此時他就有如被打了一拳一般，完全無法思考。

「離……離婚……」

「你應該聽她說了吧？我想離婚。」

是聽說了，但還有後續不是嗎……？

「為、為……為什麼……」

「沒有為什麼。」

河內的口氣十分堅決。

「小優呢？廣太呢？……我們的孩子要怎麼辦？」

對，他們之間還有兩個可愛至極的孩子……而且，雖然還沒去檢查，但河內肚子裡應該已經有了第三個孩子。

「離婚以後，我跟你依然還是孩子的父母，這一點是不會改變的……」

「那發情期怎麼辦？你吃藥沒用不是嗎……」

「我會接受性交療法……用其他人的精子。」

犬飼經不起這樣的打擊，手摸著額頭「哈……哈哈……」地笑了出來。

「等一下，用其他人的精子？你有沒有搞錯啊？你是我的命定對象，還沒配對就算了，但現在你只要跟其他人性交，身體就會出現抗拒反應，接受性交療法也一樣，在解除發情期前，你得先撐過抗拒反應。」

「無所謂……」河內低下頭，「……反正又不是自願的，我寧願受苦。」

犬飼無法壓抑心中的怒火，在思考之前就往前衝去，一把抓起河內的領口，對上他那雙厭世而疲憊的眸子。

「……你想揍我就揍吧。」

犬飼握緊了拳頭，全身不斷發抖，他好想將河內粉身碎骨，但他不可能傷害自己所愛的人，所以趕在局勢失控之前放開了河內。

「你就這麼討厭我嗎？」他的聲音顫抖不已。

「明明是你……」河內欲言又止，沒有再說下去，「你還是早點忘了我這個因意外而結合的男Ω吧……我只要有小優跟廣太在身邊就好。」

又是小優跟廣太！犬飼心底熊熊燃起了嫉妒之火。

「我不會把小優跟廣太交給你的。」

一霎間，河內睜大了雙眼。

「小優、廣太，還有你肚子裡的那一個，都是我的孩子！我會負責撫養他們長大。」

「他們是我生的！」河內激動得按住自己的胸膛。

「我會爭取扶養權。就經濟狀況來考量，情勢對α比較有利。只要我拿到撫養權，你就別想再見到小孩。我絕對不會讓他們見你這種單方面提出離婚、不負責任的父母！」

「媽的你想都別想！他們是我的小孩！」

河內激動地斥喝道。

「你根本不想要小優跟廣太吧，反正當初你也是逼不得已，才跟我這個

『你根本不愛的男人』生下他們的。但我不跟你不一樣，我是真心愛著小優、廣太，還有你肚子裡的孩子，所以我要將他們養育成人。你就忘了我們，去用別的男人的精子受精懷孕，疼愛別的小孩吧！」

河內半張著嘴，咬牙切齒。

「……你又要奪走我的東西，是嗎？」

他顫抖著。

「你強暴了我，剝奪了我成為普通男人的機會，害我逼不得已跟未婚妻分開，沒辦法組織正常的家庭……現在又要奪走我的孩子？」

河內將自己的不幸全數歸咎於犬飼。

「有差嗎？你只要在發情期出門一趟，散發一下你那濃郁的費洛蒙，找男人把精液灌進你體內不就好了？只要你能忍受身體對性愛的抗拒反應，愛生幾個就生幾個。」

「啊啊啊啊啊！」河內大叫。

他滿臉通紅，舉起右拳就要往揍向犬飼，卻突然雙腳一軟，整個人趴倒在地。

「咦……怎麼會這樣……？」

河內就這麼趴在地上，完全沒有要起來的意思。霎時間，一股熟悉的香氣直擊犬飼的鼻腔，一陣微醺感隨之而來。這熟悉的感覺是……

「……你該不會發情了吧？」

上個月河內發情時，兩人接連做了好幾個小時。犬飼本以為河內應該懷孕了，但就現在的情況看來……他應該沒有受孕。剛才他不是因為跟小孩玩得太激烈才臉頰泛紅，而是發情期的前兆。

「怎……怎麼可能……怎麼會這麼突然……」就連河內本人也是一臉不可置信。

犬飼這才想起來，河內的主治醫生曾跟他說：「我之前也對河內先生說明過，有報告指出，吃阻化劑沒效的Ω隨時可能突然發情，還請你們要特別注意。」

河內雙手抱著肩發抖，額頭冒出黏答答的汗珠。他的費洛蒙非常強烈，熏得犬飼暈頭轉向，嚴重到只能叫Ω專用救護車來處理的程度。

不幸中的大幸是，他們在沒什麼人的地方。犬飼習慣性地摸了摸褲子後方口袋，卻發現裡面空空如也，他把手機放在帳篷裡了。此時此刻的河內，就像招蜂引蝶的花朵，隨時可能引來α，留在原地是最好的選擇。犬飼本想自己跑回營地拿手機，但……

他發現約距離五十公尺遠的河岸邊，有個男人一直盯著他們，而且旁邊還有小孩。那人的下巴正不自然地上下抖動，河內位於上風處，很有可能是氣味已經吹到那裡了。若把河內放在這裡，肯定會遭人強暴。

犬飼從背後抱起河內。

「不、不要碰我！」河內用力抵抗。

「你現在的費洛蒙非常濃烈，待在這裡是想被別的男人強暴嗎？」被犬飼這麼一吼，河內才停止掙扎。

犬飼將河內帶離河岸上風處，躲進附近的林地中。確認四周無人後，讓河內躺在一棵大樹下。這裡環境幽暗，雜草高至腳踝，再加上不太通風，剛好可以防止費洛蒙擴散。

犬飼彷彿看得到河內全身都在噴發費洛蒙，河內不只臉頰泛紅，全身都散發著有如剛洗完澡的熱氣，他的肉體已做好誘惑男人的準備。就連聞過河內費洛蒙的犬飼，都有股現在立刻將他撲倒的強烈衝動。

河內注意到犬飼的眼神，一臉畏懼地發抖了起來，「不要……」他眼眶含淚地說：「我不想做……」

犬飼的心早已傷痕累累，這句話有如在傷口上灑鹽。對此，他只能刻意壓抑情緒。

「不想做，那你想死嗎？」

犬飼的聲音乾涸而沙啞。

「我不想死……」

可是不做就會死，這不是自相矛盾嗎？

「那我去找別的男人過來。」

他是故意這麼說的，可想而知，河內肯定是搖頭拒絕。

「跟別的男人做愛生出來的小孩，要自己養還是送養都隨便你，反正不是我的種。」

嘴上這麼說，但他的腦中盡是如何侵犯河內的畫面。他想要扒光河內的衣服，讓河內擺出羞恥的姿勢，挺進那淫蕩的小穴，將憤怒、憎恨、所有東西毫無保留地射進河內的身體裡，讓他受孕，讓他受苦。此時的犬飼已是口乾舌燥，這裡通風不好，但畢竟是野外，所以犬飼還勉強忍得住。他很清楚，若自己一直待在這裡，終究會失去理智。

但他不能再重蹈覆轍，因為那樣沒有意義。若這次自己再因為發情而跟河內做愛，之後河內一定又會後悔莫及，這會讓深愛著河內的犬飼再度遍體鱗傷。於是，他做出了這樣的決定。

犬飼拆下鞋帶，解開牛仔褲上的錢包鏈，反手抱住一棵直徑約二十公分的小樹，用鏈子將手腕綁住，再用鞋帶加強綁結，為自己做了一副臨時手銬，反銬在樹上。

「……你……你這是在做……什麼……」

河內滿臉通紅地問犬飼。

「我不會再救你，也不會再侵犯你。你的人生已與我無關，我不會再對你做任何事，也不會再負任何責任。」

天知道犬飼此時的性慾有多強烈。

「你想死的話就待在原地，想活下去就爬出樹林，讓路過的人上你，在痛苦中解除發情。」

河內瞪著犬飼，眼神中盡是憎惡。他勉強起身，才搖搖晃晃地走了兩三步，就雙腿一軟跌倒在地。

河內匍匐爬到犬飼身邊，刺鼻的費洛蒙幾乎嗆得犬飼無法呼吸，隔著外褲都能看出他已漲得又大又硬。

「呼……哈……」河內氣喘吁吁地盯著犬飼的胯下的突起。

「你想要這根？」

犬飼沒有回應，但眼神藏不住想要的慾望。

「這根插進去可是會懷孕的喔，你不是不想要我的小孩嗎？」

河內移開視線，低著頭全身顫抖。兩人都喘著粗氣，早已分不清是誰的喘息聲。

「你不願意做愛，不願意懷孕，卻想要這根陰莖。這樣不是很矛盾嗎？真不愧是Ω，不知羞恥！」

犬飼故意說一些惡毒的話傷害河內，但河內只是趴著，沒有任何回應，甚至不確定有沒有聽到。

「嗚哇啊啊啊！！！！！」

河內突然翻身大叫，只見他滿臉通紅，用力按著胸口，在地上不斷翻滾。看著他受苦，犬飼也非常難受……很想對他伸出援手，但在心裡的某個角落，卻又矛盾地希望他飽受折磨。

河內安靜了一陣子後，翻身俯臥在地，喘著粗氣撐起上半身。他顫抖著解開褲頭，拉下拉鍊，連著內褲一同將褲子脫下。

他沒有勃起，但股間不斷流出渴望男人的黏稠體液，滴滴答答地滴在草地上。河內露出下半身後，費洛蒙變得更濃郁了，熏得犬飼簡直要昏厥過去。

河內將臉湊近犬飼的雙腿之間，深深吸了一口氣，剛才還垂頭喪氣的東西，竟瞬間漲大到幾乎要碰到下腹。河內將右手伸向自己的胯下，將手指放入那被男人插入的地方，快速攪動了起來。

犬飼倒是非常冷靜，他本以為自己會失去理智、掙脫手銬的束縛，撲向眼前這個男人，但或許是因為他實在太過惱怒，所以還能夠思考。

河內的忍耐似乎已經到了極限，他停下動作，用沾滿體液的手脫下犬飼的牛仔褲。犬飼在費洛蒙的誘惑下已是堅硬無比，才稍微拉下內褲，那根東西就用力彈了出來。

面對犬飼的硬挺，河內吞了口口水。他曾經寧死也不願跟這個人做愛，此時卻毫無羞恥心地張開雙腿，跨坐在犬飼的硬挺上，在野外露出勃起的下半身，打算將男人的陰莖插入體內。

然而，當碰觸到犬飼的陰莖時，他卻慌張地縮起了腰，隨後又試圖插入……陷入無限循環。很明顯的，河內以往都是被侵犯的那一個，所以當自己變成主動的對象時，他猶疑了……。

河內起身，繞到樹幹後方，打算幫犬飼鬆綁。這讓犬飼非常不爽，因為他知道……河內又想把錯推給別人，讓自己變成受害的那一方。

「可惡！該死！」大概是因為解不開鞋帶，後方不斷傳來河內咒罵的聲音。之後他便放棄，回到樹幹前方，再次跨坐在犬飼身上，緩緩將自己的洞口靠近犬飼的陰莖。當他就要碰到犬飼的前端時，犬飼故意扭腰，河內一臉羞恥地「啊」地嬌喘了一聲，但並未順利進入。犬飼再次挺腰，想要將陰莖放入洞內，但河內卻不斷閃避。

「你……你別……動……」河內低語，「我不想讓你進入，所以你……」

河內用力握住犬飼的根部，犬飼被那強大的握力嚇得全身僵硬，還來不及反應，河內的甬道便順勢而下，瞬間包覆了整根陰莖。

「啊啊……」河內粗喘。

兩人的結合令犬飼頭暈目眩，舒服到簡直要升天的地步。但看到河內用自己享受性愛的歡愉，還是令他怒火中燒。

「這可是你恨透的男人的陰莖喔，滋味如何？」

犬飼調侃道，隨後故意往上頂了一下，頂得那淫亂的肉體嬌喘連連，將身體轉過去背對著他。

「你不是討厭跟男人做愛嗎？那為什麼自己跨坐在男人身上扭腰擺臀呢？不知羞恥的賤貨。」

即便犬飼不斷說話羞辱他，河內依然欲罷不能，反而用力扭著腰，享受著與命定對象的魚水之歡。看河內現在的模樣，實在很難想像他之後會對此感到厭惡至極。太可恨了……為了苟活世間，竟然不惜懷孕也要跟討厭的男人做愛……這個人真的太可恨了。

「討厭……」河內全身的細胞都在享受犬飼的美好滋味，卻抽抽嗒嗒地哭了起來，「……我不想做這種事。」

他一邊哭，一邊前後左右地狂扭著腰。「不想做就滾啊？我才想哭吧。」犬飼心想。

「我不想有快感……這不是真正的我……」

犬飼在猛烈的刺激下，只能不斷往下腹部用力，忍住想要射精的慾望。這是犬飼的復仇，只要他不射精，河內的發情期就不會結束；只要他不射精，就能藉由這種方式與河內結合，河內就只能痛哭流涕，用下體包覆著討厭的男人的陰莖，不斷地扭腰擺臀直到永遠！

「啊……啊啊啊……啊啊啊啊……」

隨著河內的淫叫，他的甬道開始痙攣。犬飼不斷設法分心，拚命忍著不要讓自己高潮。河內的龜頭不斷噴出精液，犬飼的襯衫被他噴得黏答答的。射完後，河內喘著粗氣，肩膀不斷上下起伏，但才休息沒多久，他的陰莖再度變得堅挺無比。Ω發情時的性慾令人咄舌，他這次改以上下方向猛烈抽插，大概在想像自己被犬飼挺進的感覺。

「好痛……」河內呢喃道，「我的胸口好痛……好痛……」

河內用力扯開自己的襯衫，鈕扣順勢彈開，露出又腫又漲的乳頭。他用雙腿撐著上下搖動的身體，空出兩手來捏自己的乳頭，只見乳汁瞬間噴了出來，噴得犬飼滿臉都是。

河內沉醉在快感之中，一臉迷濛地半張著嘴，體液不斷從肛門、陰莖、乳頭等部位流出，如今他就只是一個放蕩又淫褻的雄性Ω。令人不禁懷疑，剛才那個幫忙搭帳棚、充滿男子氣概的河內到哪去了？

河內紅著眼低吟：「……你快點……」然後叫道：「你快點射……射在我的身體裡……快，快！」

河內抱住犬飼的頭，將他壓向自己腫脹的乳頭。犬飼被他激怒，輕輕咬住他右邊的乳頭，任憑暖熱的液體從嘴中滿溢而出。

「啊啊啊啊……啊啊……」

河內的甬道瞬間夾緊，犬飼被他夾疼了才鬆口。

「你的乳頭怎麼跟女人一樣敏感？」

河內氣喘吁吁。

「餵孩子喝奶時，該不會也是這麼爽吧？變態。」

河內將犬飼壓向左邊的乳頭，見犬飼沒有反應，他微聲道：「……幫我吸……」

「……你說什麼？我聽不見。」

「幫、幫我吸……」

河內露出有如酒醉般的迷濛眼神。

「幫你吸什麼？」

「乳頭……」

「你一個大男人要人幫你吸乳頭？要不要臉啊你。」

「求……求你……」

「被吸乳頭這麼爽？」

河內沒有回答，但答案已是不言而喻。犬飼憤憤地咬住他左邊的乳頭，

「呀啊啊……」隨著河內的一聲慘叫，犬飼嚐到了乳汁和血味，隨後便是一陣夾緊，夾得犬飼忍不住射了出來。

霎時間，河內的身體鬆懈了下來，費洛蒙也有如濃霧散去一般，變得非常稀薄。他有氣無力地倒在犬飼身上，雖然發情期還沒有完全解除，但情況已經

比剛才好了許多。

犬飼雙手用力一扯，手腕上的鏈子便應聲而斷。

犬飼輕輕往前一撞，河內便往後仰倒，兩人之間的連結也因此而斷開。此時河內的姿勢就有如青蛙一般難看，犬飼一把抓住他的右腳，將手指插進他還未完全閉合的洞口，粗暴地將自己剛才注入的東西挖出來。

「住、住手！」

見河內急忙想要合起雙腿，犬飼用力打了他幾下，河內被突如其來的疼痛嚇得用力抖了一下。

「你不是不想懷我的小孩嗎？這樣總比什麼都不做好。」

「沒、沒關係……你不要再挖了。」

河內的雙腿不斷掙扎，不小心用右腳的腳跟踢到犬飼的下巴，嚇得犬飼急忙收手。隨後河內收起雙腿，抱著腹部縮起身體，雙肩微微顫抖著。

他不是不想懷上犬飼的小孩嗎？現在他的發情症狀已經沒有那麼嚴重了，為什麼不讓犬飼挖出精液呢？之後再去醫院用別人的精子接受性交療法不就好了？

犬飼心想，這人到底是怎樣？為什麼他的所作所為都充滿了矛盾？拒人於外卻主動來求，嘴裡喊著不要，身體卻想要得要死。他到底在想什麼？到底在求什麼？到底想要別人怎麼做？他就是這樣，才會弄得犬飼每天心煩意亂，提心吊膽。

犬飼一把抱住蜷縮在地上的河內的腰部。

「不要！」河內被犬飼突如其來的舉動嚇到，手腳併用地使勁掙扎。

犬飼將他壓在草地上，從背後用力挺進了他。

「啊啊啊……」

犬飼壓住河內的背，下半身開始抽插。

「我要把精液射到你的體內，你不願意就盡情掙扎吧。」犬飼在河內耳邊低語。

河內的抵抗非常無力，完全起不了作用。犬飼將熱流射入他的體內後，兩人就這麼交疊在一起。

此時一陣樹葉的聲音傳來，犬飼循聲看去，只見一個男人站在離他們約十公尺遠的地方。那是個年輕的雄性，他臉上掛著一抹輕浮的笑容，大概是被河內的費洛蒙吸引過來的。

犬飼惡狠狠地瞪著他，用眼神告訴對方，這個Ω是他的，誰也別想從他手中奪走，只要男人敢靠近一步，他絕對宰了對方……男人似乎感受到犬飼的威脅，隨即收起笑容，一溜煙地逃離現場。

無論河內多麼討厭他、如何傷害他，他都無法將河內讓給別人，無法對他放手。他無法容忍別的α佔有河內，甚至觸碰河內。雖說對河內而言，待在犬飼身邊、不斷幫他生小孩無疑是最痛苦的折磨，但此時此刻，犬飼已經管不了這麼多了。

犬飼將趴倒在地的河內翻過身來，大概是因為剛才哭過的關係，他的眼睛又紅又腫。乳頭上還留著犬飼怒咬的痕跡，但身上已經沒有費洛蒙的味道了。

犬飼很清楚，眼前的這副軀體已經不需要他跟他的精液了，但他對這副軀體仍是慾望滿滿。他掰開河內的雙腿，再度進入了他。

河內沒有抵抗，但他的身體仍對侵入體內的異物有所反應，下腹部不停顫抖。

兩人就這麼交疊在一起，隨著角度改變，河內輕聲嬌吟。犬飼沒有進一步抽插，只是近距離凝視著河內。

河內毫不掩飾的刻意閃避令犬飼相當受傷，但他已經決定，要接受這個男人的一切。

他摸上河內的臉頰，將河內轉向正面……與自己四目交接。

沒想到河內竟做出最後的抵抗，緊緊閉上雙眼，彷彿在強調他再也不想看到犬飼。

「我愛你。」

聽到這句話，河內緊閉著的眼皮不禁震了一下。

「我比這世上的任何人都愛你。」

見河內依然不肯睜開眼直視自己，犬飼將臉湊上去吻了他。這舉動令河內嚇了一跳，立刻睜開雙眼。

之後無論河內怎麼閃躲，犬飼還是反覆親吻他，對他說「我愛你」。河內說「不要」、「你走開」，犬飼還是無動於衷地覆上他的唇，不斷對他說「我喜歡你」、「我愛你」。

不知道吻了幾回，河內突然不再逃避，雙眼直直地盯著犬飼。面對河內的怒目，犬飼說了一句「我好喜歡你」，然後就要吻上去……

「你說謊……」

他都已經說得這麼明白了，為什麼河內就是不願相信呢？

「我知道你在騙我。」

「我沒有騙你，我是真心……喜歡你。」

兩人剛才才經歷一場有如野獸般的野外性交，河內的頭髮沾滿了枯草。犬飼想幫他把枯草拿掉，卻對上了他那雙含著淚的眼眸。

「……你叫我去接受性交療法。」

河內說完，便抽抽噎噎地哭了起來。

「那是因為你……」

「你不想跟我做，所以才叫我去接受性交療法……」

河內的雙唇顫抖著。

「我不是因為討厭你，而是因為你說你不想跟我做，才那樣跟你提議的。我想說，如果沒有跟我有肉體上的接觸，你應該會比較輕鬆……」

「對！但你搞錯了！」河內吼道，「你搞錯了啦……」然後垂下頭來。

「我搞錯了什麼？」

河內用雙臂遮住臉，將頭撇向另外一邊。犬飼很想知道自己到底搞錯了什麼，但河內卻不告訴他。見河內的乳頭不斷滲出乳汁，他輕輕含住剛才亂咬的地方，溫柔地吸吮了起來。

「啊啊……」

河內嬌聲淫叫，甬道也隨之縮緊。犬飼一下吸吮右邊，一下又吸吮被他咬傷的左邊，來回交替了好幾次。他撫摸著河內弓起的背部，想用快感引導他說出真話。

「我愛你。」

犬飼抱著求婚的心態，認真地表達愛意。然而，河內的眼眶卻再度湧出了淚水。

「……你、你罵我不知羞恥……」

聽到自己剛才對河內的辱罵，犬飼不禁背脊一涼。

「對不起，那時我被怒氣沖昏頭了……因為你不願意接受我，讓我很受傷，所以我才想讓你嚐嚐被傷害的滋味。」

「我在發情……沒辦法控制自己……你卻叫我去被別的男人上，還罵我不要臉……」

見河內抖著肩膀哭了起來，犬飼在他耳邊不斷說著「對不起」、「我愛你」、「我不會再說那種話了」。

「我願意做任何事來彌補，拜託你原諒我。」

河內原本只是靜靜地聽犬飼道歉，聽到這裡突然舉起了雙手。有那麼一瞬間，犬飼以為自己要被揍了，沒想到，河內卻抱住了他……緊緊抱住了他。

「……我沒有不願意……」河內在犬飼的耳邊呢喃道，「我沒有不願意和你生孩子。」

犬飼想要看他的臉，但河內不肯。

「有你在……我願意生小孩。你讓我很放心，照顧孩子也很快樂。」

犬飼這才知道，原來河內跟他是一樣的想法。

「那……那你為什麼一直躲著我？」

「因為我是男人！」

河內在犬飼耳邊怒吼。

「一直到三十五歲以前，我都是個男人！我知道自己的身體能懷孕，但我沒有意思要生小孩！我根本無法想像跟男人結為夫妻。可是……我卻生了你的孩子，還開始跟你同居……我很習慣這樣的生活，但唯獨性愛……我總覺得很怪。我無法接受自己當被插入的那一方……在我接納這樣的自己之前，我的發情期就來了……我想要好好思考，但發情真的好痛苦，差點就死掉了……」

河內緊緊抓住犬飼的頭髮，抓得犬飼發疼。

「你絕對不懂我的感受。小優跟廣太都好可愛……好可愛好可愛！每次看到他們的笑容，我都感到非常愧疚。因為他們兩個，都是我在心不甘情不願的情況下懷上的孩子……。所以我希望能在衷心期盼的情況下，生下下一個孩子。」

這一刻，犬飼終於看清楚河內的心。

他終於明白，河內雖然不知所措，但很努力去習慣與他共處，設法在身心上接納他。

就差那麼一點時間，真的就差那麼一點時間，河內就要成功了。

「可是，你叫我去接受性交療法，這反而讓我困惑了。這不是愛，如果我真的因為這樣而懷上孩子，只是為了解除發情而懷孕，將來肯定後悔莫及……」

「對不起！」

河內的傾訴讓犬飼心痛無比。

「多少抱歉都無法彌補我的過錯，是我的錯，全部都是我的錯！對不起！對不起！可是……我不會放開你，不會把你交給任何人！」

河內在犬飼的懷中顫抖著。

「我發誓我會永遠愛著你……可不可以請你也愛我？」

「……我好怕。」

河內的聲音細微到彷彿要消失似的。

「不用怕，今後我跟你跟孩子，一定能過上幸福快樂的日子！」

聽到這裡，河內皺著臉哭了。

「不要再從我身上奪走任何東西了！」

「不會的！」

「我不想再孤身一人了。」

「我不會讓你一個人，絕對不會！」

無論河內說什麼，犬飼都概然領諾，全然接受。河內因對愛情感到畏懼而哭泣，犬飼默默地吻上河內的額頭，如今他終於明白，如果一開始他就這麼做該有多好。

犬飼用河水洗淨身上的襯衫，用襯衫當毛巾幫河內擦淨身體。野外性交在河內的手腳上留下了許多小擦傷，這讓犬飼心中滿是愧疚。

犬飼原本背著河內，但看到水口的車後，河內便要求下來自己走。兩人離開營地已有兩個小時，四周已是薄暮冥冥，人幾乎要走光了。

水口夫婦等了很久，但看到兩人回來，只笑著說了一句：「你們散步了好久喔。」並沒有追問詳情。

回家車上，河內和小優一起在後座睡覺。那天晚上，兩人把小優跟廣太哄睡後，便到客廳商量將來的事。

經過這次露營，犬飼確認了河內的心意，原來自己並非單相思，這讓他感到喜不自勝。

但兩人並沒有完全把話說開，為了避免之後產生嫌隙，他們決定今天把話全部說清楚。

趁著這次機會，兩人都說出自己對對方的要求與期望。河內率先提出「希望盡量能全家人一起吃晚餐」，因為這個願望太渺小，反而讓犬飼很猶豫該不該說出自己的願望。河內注意到他的顧慮後說：「有什麼話都說出來，千萬不要悶在心裡。」

犬飼實在羞於啟齒，但他最後還是鼓起勇氣說了出來。

「我是真的喜歡你這個人。」

他注視著河內說。

「之前是我單方面地去辦了結婚登記，但現在……我們……算正式在一起了吧？」

「是……是沒錯啦。」河內輕輕點頭。

犬飼不喜歡這樣逼他，但若不趁機把話說明白，兩人的關係就無法更進一步。

「河內先生，如果你願意，沒有發情時，我也想要……那個……嗯……結……結合。」

只見河內瞬間滿臉通紅，連手指都紅掉了，看來他是聽懂了。

「這……這……這個……」

他的聲音在發抖。

「你不願意嗎？」

「這不是願不願意的問題，而是……我是男的，你知道吧？」

這還用說？犬飼心想。

「沒有發情費洛蒙，你也會想做嗎？」

「想。」犬飼想也不想地回答。

河內緊緊咬住下唇。

「你沒有發情時，就不會想做嗎？」

「我不知道。」河內給了模擬兩可的回答。

「所以是可以嗎？」

「就說了我不知道。」

犬飼「不知道」河內的「不知道」到底是什麼意思。

河內前傾著身子，彷彿在對犬飼控訴「你怎麼就是不懂呢」。

「我的身體在發情時很需要你，但發情期一過，我的慾望就會像洩了氣的皮球一般萎縮起來。要比喻的話，跟你做的那個人就像是異次元的我。」

可是河內在營地的樹林裡時，曾將犬飼的頭壓向自己的胸前，要他吸吮乳頭。

就算是發情期，人也不會顯露出不屬於自己的一面，所以那應該也是河內的本質。

「我在跟你做之前，其實還是……還是處男，所以不太懂這方面的事。」

「好，那這件事我們先保留，但我希望你能跟我談戀愛。」

「談戀愛？什麼意思？」河內紅著臉，往上看向犬飼。

「像是約會啊，牽手啊，接吻啊……」

「我沒辦法！」河內雙手抱頭。

「為什麼？」我們更激烈的事都做過了……犬飼在心裡咕噥。

「我沒辦法在清醒的情況下做這些事。」

「我想要透過這些過程，一步一步與你建立關係。」

「我們不是已經住在一起了嗎？為什麼還要搞這些……」

「好，那沒關係，你就忘了我剛才說的話吧，只要在我們兩人獨處時把我當戀人就好。」

河內抿了抿唇，一陣久久的沉默後，才點了點頭說：「好。」

犬飼跑進自己的房間，將他買的……另一個戒指緊緊握在手中。

他今天腦中一直想著這件事，因為他知道，今天是將戒指交給河內的最佳機會。

回到客廳後，犬飼坐到河內的正對面，拉住河內的手，悄悄地將戒指戴在他的無名指上。河內雖然抖了一下，但並沒有反抗。

「這是什麼？」

河內傻乎乎地問道。

「是跟我一樣的對戒。」

「……我在外面沒辦法戴。」

犬飼笑了。

「我知道，但我一直想把它交給你，希望你能收下。」

犬飼溫柔地摸著河內的手指，河內則乖乖的沒有反抗。他看起來並沒有在忍耐，只是面紅耳赤，跟發情期時的潮紅沒兩樣。犬飼拉起他的手，輕輕吻了他的無名指。

「我愛你。雖然我們已經結婚了，但我還是要說，請你嫁給我。」

聽到這裡，河內突然趴在桌上，用輕微而顫抖的聲音說：「拜託饒了我吧。」半晌，又補了一句重點：「我沒有很高興……但也不覺得討厭。」

愛與蜜

「我很少吃雞肉鍋，但這裡的雞肉鍋清爽入味，好好吃喔。」

犬飼和河內在雞肉鍋餐廳的包廂裡面對面坐著，只見河內將煮熟的雞肉放入口中，隨後露出溫暖的笑容。

「好吃吧？這家店是一個同事告訴我的。他以前在博多的纖維公司擔任營業人員，聽他說，搜尋美食名店也是他的工作之一，因為他常常得接待客戶廠商，有次他帶客戶去吃一家很貴的餐廳，本以為這種價格絕對不會難吃到哪去，結果難吃到顧客直接跟他解約。」

「誰叫博多是美食之城嘛！」河內露出苦笑，將眼前的盤子盛滿了有如山一般高的蔬菜和雞肉。「多吃多動」是河內的座右銘，但今天他的食慾比平時更加旺盛，畢竟他已懷有三個月身孕，肚子裡的孩子需要營養。

「這家店這麼好吃，難怪這麼紅。還好你有預約，我們才進得來，剛剛外面還有人在排隊呢。」

說到這裡，原本吃得津津有味的河內，突然停下了筷子。

「只有我們兩個在這裡享受美食，總覺得有點對不起小優跟廣太……」

犬飼心想，反正小優和廣太主要還是喝母乳，我們吃美食沒差吧？但他還是附和道：「是啊。」

「我們把兩個小的丟在家裡，自己卻在享樂，好有罪惡感喔。」

河內不僅工作非常認真，帶小孩時也是個認真魔人。犬飼很慶幸當時有雇用澤子阿姨來幫忙顧小孩，讓河內回到職場工作，沒有讓他跟孩子二十四個小時黏在一起。

「這次也是逼不得已啊，我們平常已經盡可能把事情排開，至少留一個人在家裡，但這次是真的抽不開身。」

此時，犬飼收到了澤子阿姨的簡訊，上面寫著：「兩個孩子都睡著了。」還附上小優和廣太睡覺的照片。

「澤子阿姨傳訊息來說，兩個孩子都睡著了。」

犬飼將手機拿給坐在對面的河內看，河內拉長了身子，喜笑顏開地「喔～」了一聲，然後看了看時間。

「今天他們好早就睡了喔，每次我哄小優睡覺，他都要鬧上整整一個小時。」

河內有些不滿地嘟噥道。

「因為澤子阿姨是帶小孩的高手啊。而且我覺得小優不肯睡，只是在跟你撒嬌。」

見河內看向自己，犬飼急忙補充說：「撒嬌並不是壞事，小優這個年紀的孩子，在爸媽面前本來就會肆無忌憚地撒嬌，我只是擔心他這樣你會很累。」

犬飼原本很擔心自己的一時嘴快會惹得河內不高興，但不知道是犬飼想太多，還是他的「補充」奏效了，河內只說了句「有可能喔」，便坐回椅子上。

二月已過一半，進入天氣最冷冽的時期。因兩人服務的醫療機器廠商kawai要在福岡設立分公司，公司派了幾名職員到福岡訓練當地錄取的新人，其中也包含了犬飼與河內。兩人一起到福岡出差兩週，犬飼負責教授成為業務冠軍的秘訣，河內則負責訓練事務方面的工作。

犬飼早就得知福岡要設立分公司的消息，所以當公司要他到福岡出差時，他就猜到公司是要他去分公司支援。但說老實話，兩週實在有點久，之前他到國外出差，頂多也才待一週。

河內身為事務人員，也同樣收到了出差通知。雖說澤子阿姨是個非常稱職的家政婦，但把孩子丟給她整整兩週，還是令人過意不去。犬飼與河內討論過後，決定讓河內推掉這次的出差。當時河內剛懷孕兩個月，雖說男性Ω身體比較健壯，但犬飼還是擔心新環境對孕體造成的衝擊，這麼做犬飼也比較安心。

之後公司改派另一名事務人員出差，然而，那名職員卻在出差前一週回鄉時出了意外，雖然沒有生命危險，但必須住院長達一個月。

公司開始找人替補，但有資格訓練員工的中層職員行程都很滿，完全騰不出時間，最後只好又找上河內。如果河內不去，就只能課長親自出馬，這麼一來，很多業務都會受到影響。

整間公司只有河內的女上司知道他懷孕的事，導致河內無從推辭。為此，犬飼找主管商量，看看是否能讓別人代替他去出差，但距離出差只剩五天，臨時根本找不到人。

河內為此傷透了腦筋，甚至還動了離職的念頭。澤子阿姨聽到兩人在討論，主動跟他們說：「我可以住在這裡兩個禮拜幫你們顧小孩喔。」面對阿姨的「神救援」，兩人還是很過意不去，怕會給阿姨的先生造成困擾，但阿姨笑著要他們不要擔心：「我先生經常外出釣魚不在家，而且也會自己做飯。之前我在犬飼家幫傭時，他也是自己照顧自己啊。」

「小優跟廣太都很乖，要我顧兩、三個禮拜，甚至一個月都沒問題的。你們要不要順便去度個蜜月？」

雖然知道則子阿姨只是在開玩笑，但對犬飼而言，她就像一座強而有力的靠山，河內也因此接下了出差。

然而，即便大勢已定，河內似乎還是放不下兩個孩子。澤子阿姨察覺到了河內的不安，時不時就用簡訊向犬飼與河內報告孩子的狀況、傳照片給他們看，河內這才放下心來。

kawai公司嚴格執行週休二日制，員工在出差期間也一樣休六日。河內本想趁著週末回東京兩天，但關東地區因大雪而導致新幹線和飛機班次不是取消就是延遲，沒有確定的出發時間。就算勉強回到東京，大部分的時間也是塞在路上。犬飼本以為河內「歸心已決」，天王老子也阻止不了他，沒想到河內卻很乾脆地放棄了。

總公司職員到福岡出差的期間是住在剛蓋好的員工宿舍，房裡有浴室、廁所、小廚房，物品只附有矮桌、垃圾桶以及一組床被，要比喻的話，就像沒有附備品的商務旅館。其他部門的人對此多有怨言，覺得公司太過小氣，竟用這種方式省出差費。但犬飼卻是坦然接受，因為對他而言，這裡只是回來睡覺的地方，而且附的床被組是 kawai 收購的健康器具公司出產的人氣商品，床墊睡起來非常舒服，棉被還是高級羽絨被。

出差第一天，犬飼與河內在中洲吃完晚餐後，一起回到了宿舍。他們兩人住在不同房間，河內住在走廊最底的房間，犬飼則住在倒數第三間，兩人中間隔了一間空房。公司大概是考慮到生活噪音的問題，大家都被分配到不同樓層，且每個人之間都隔有空房。

沖完澡後，犬飼躺在床上看手機。突然，門外傳來了其他房間的開門聲。本以為是河內要去便利商店買東西，結果那人來敲了他的門。犬飼打開門一看，果真是河內。他穿著平常在家穿的棉衣褲，問說：「你明天早餐要吃什麼？」兩人本來站在原地討論，直到河內打了個噴嚏，犬飼才急忙請他進房，然後關起房門。

進房後，河內便不斷走來走去，像隻靜不下心的貓咪。「你房間跟我房間一樣簡陋，喔！比我少一扇窗戶。」

後來兩人決定明天到車站附近的連鎖咖啡廳吃早餐，並約好一起出發的時間。事情談完了，河內卻沒有要回房間的意思。

犬飼心想，河內一個人待在房間大概覺得孤單吧，不然，早餐用簡訊就可以討論，他大可不必來犬飼房間。平常因為有小優跟廣太，家裡熱鬧得很，這棟宿舍離市中心有些距離，四周靜悄悄的。

「你要不要待在這裡？」

河內聞言喜上眉梢。

「你沒事要忙嗎？」

「沒有，這裡沒有要帶回家處理的工作。」

怕坐地板太硬不舒服，犬飼請河內坐在床墊上，自己則坐到他的身邊，和他一起看小朋友的影片或是電視劇。

時間來到了晚上十一點。明明犬飼沒趕人，河內卻嘆了口氣說：「我得回房間了。」見他臉上盡是寂寞，犬飼提議道：「你要不要跟我一起睡？」河內先是驚訝地睜大了眼睛，然後指著單人床墊說：「不會太擠嗎？」

「你要不要把你的床被組搬過來？我們兩個人有伴聊天。」

最後，兩人決定將犬飼的床組搬到位於角落的河內房間。因對面兩間房還住著另外兩名職員，雖然彼此都有一段距離，但感覺角落的房間比較不會吵到別人。犬飼將床鋪在河內旁邊，兩人有一句沒一句的聊著，一下聊公司，一下聊孩子。聊著聊著，河內突然沒了回應，取而代之的是規律的鼻息。那是犬飼再熟悉不過的睡臉，跟平常不同的是，此時此刻兩人之間沒有小優跟廣太。

跟水口夫妻露營過後，兩人互相確認了想法與心情，關係也漸入佳境。雖說發情期性交也不一定會懷孕，但營地那次還是讓河內懷上了第三胎，犬飼和河內都很為這個孩子的到來而高興。

犬飼趁著這份喜悅，鼓起勇氣問河內說：「我可以摸摸你的肚子嗎？」河內毫不猶豫地就答應了。摸到河內的肚子時，犬飼感動得熱淚盈眶，河內見狀說：「這也是你的孩子，你可以想摸就摸啊！」之後，犬飼要摸肚子之前還是會先詢問河內，但對他而言，「敢問出口」已經是很大的進步了。

如今的犬飼非常幸福，兩人不僅有了孩子，河內還願意對他露出溫柔的笑容，但他仍不滿足。

自那次露營過後，兩人便沒有再交合過。礙於兩個孩子還小，犬飼還沒來得及找到「求愛」的時機，河內就被驗出懷孕了。犬飼曾私底下問過河內的主治醫生孕期性行為的事，醫師告訴他，男性Ω的胎兒位於腹部深處，所以懷孕期間也可以進行性行為，但要注意的是，臨盆前一個月性交會產生強烈的壓迫感，所以比較不建議，但只是「不建議」，並沒有「禁止」。

確定兩人要一起出差後，犬飼就萌生了「淫想」，希望能趁這個機會與河內在非發情期交合。然而，即便有醫師的許可，他還是不太敢在孕期向河內求歡。其實犬飼知道，只要他開口，河內應該會答應。但他也擔心，河內答應只是為了配合自己，不是真心要想跟他做，畢竟河內原本喜歡的是女生，曾說跟男人做愛對他而言是一種折磨。如今他好不容易接受了自己，兩人才要成為真正的情人、家人，犬飼不想在這個時候節外生枝，讓他厭惡自己。

其實，最好的狀況是河內主動向他求歡。他什麼時候會想做呢？犬飼就連他非發情期會不會想做都不知道。他知道河內對他是有愛的，河內將他視作可靠的伴侶，偶爾也會向他撒嬌，但兩人之間還是有溫差。

犬飼凝視著睡在身邊的男人，那是他的摯愛，微塌的鼻子，柔和的唇線……親和而溫柔的長相，他真的好喜歡這張臉。犬飼聞了聞他脖子的味道，一股甜香撲鼻而來，他將臉又湊近了一些，想要索求更多香味，鼻子卻不小心碰到了他的下巴。

「……唔。」

見河內輕聲呻吟，犬飼急忙縮回身體。河內用力閉了一下眼睛，然後微微睜開眼，用失焦的眼神看向犬飼。

「你還沒睡啊……」

「我睡不著。」

「把燈關掉吧，早點睡，明天應該也會很忙。」

犬飼乖乖關上電燈，隨後鑽進被窩。他知道在這樣的氣氛下，自己是絕對睡不著的。霎時間，他感到有人輕輕拍了自己的棉被兩下。

「別急，有些人天生就會認床。」

河內的溫柔讓犬飼的心揪了一下。他不敢向河內坦白，只能順著他的話回道：「好。」

那之後的四天，他們每晚都並肩而睡。雖然彼此就近在咫尺，但他們沒有接吻，甚至沒有接吻，就跟之前在家裡一樣，什麼都沒有發生。

……不知不覺間，雞肉鍋已被一掃而空，河內用最後剩的高湯煮了粥。兩人吃飽喝足後，全身都暖呼呼的。走出餐廳時，冷風迎面吹來，其中還夾帶了白色東西——是雪花。

「博多這麼南邊也會下雪啊？」

河內立起外套的領子，口中不斷吐出白煙。

「博多雖然在九州，但位於九州的北邊。」

河內輕輕搓了搓手，無名指上的戒指隨著他的動作而閃閃發光。那是犬飼送他的戒指，上班時他不會戴上，但隨時都帶在身上。每當兩人一起吃飯，又或是待在家裡時，他都會刻意戴上，這份心意讓犬飼非常高興。

「你早上不是有戴手套嗎？」

「我忘在公司了。」

犬飼聞言，立刻脫下自己的手套遞給河內。

「戴我的吧。」

「不用啦，你應該很冷吧？」

「……肚子裡的孩子說他很冷。」

「什麼鬼……」河內有點傻眼，但還是拿了一隻手套說：「那我就戴上囉。」然後把沒戴的那隻手插入口袋裡。犬飼喜孜孜地將另一隻手套戴上，能跟河內分享東西、做一樣的打扮，這樣的小事令他非常快樂。

兩人搭電車回到宿舍。犬飼過房門而不入，直接進入河內的房間。其實在那晚過後，犬飼便將自己的行李全搬到河內的房裡，因為他想要時時刻刻都跟河內待在一起。對此河內也欣然答應，於是，兩人便開始同進同出，出差期間也有如家人一般生活。

大概是想要早點休息放鬆吧，河內一回到宿舍便立刻脫下西裝，準備穿上家居服。

「好痛……」河內咕噥。

「怎麼了？」

犬飼轉頭一看，發現河內只穿一件T恤，胸前都濕透了。

「我每過一段時間都會擠奶，但還是從昨天開始漲奶了。」

雖然小優和廣太也肯喝奶粉，但河內在出差前，還是特意擠了許多母奶放在冷凍庫。

「這些母奶擠掉實在很浪費，但也沒辦法，又不能寄去給他們。」

河內脫掉T恤，露出微漲的胸部和發紅的乳頭。平常河內在餵奶時，犬飼都不會胡思亂想，但今天大概是因為兩人獨處的關係，他的下腹有些蠢蠢欲動，直盯著河內的胸部看。

「我等等會佔用浴室很久，你先用吧。」

河內大概是要在浴室把母乳擠掉。

犬飼緩緩靠近河內。

「怎麼了？」

河內露出疑惑的表情。

「那個……」

犬飼實在無法將慾望宣之於口。

「怎麼了？有話就說啊！」

犬飼鼓足了勇氣，如果河內不願意，他也絕不勉強。

「……可……可以讓我幫忙嗎？」

注意到犬飼的視線，河內的雙頰瞬間浮上了兩朵紅雲。

「我可以自己擠。」

「我知道，可是……」

緊接而來的是一陣長長的沉默。河內沒有回答，他的為難令氣氛變得沉重。如果他不願意，犬飼希望他能夠坦然拒絕。等了一陣後，犬飼忍不住先開口：「如……如果你不方便的話……」

「……可以。」

有那麼一瞬間，犬飼以為自己幻聽了。

「真的可以嗎？」

「嗯。」

「你確定？」

「就說可以了！」河內顯得有些激動，大概是覺得犬飼接二連三的確認很煩人吧，「反正我母奶一定要弄出來，你愛怎麼弄就怎麼弄，隨便你！」

「你心裡不會不舒服吧？」

「你再囉哩八嗦的，我就要自己擠囉！」

聽到這句話，犬飼立刻閉嘴。他迅速將床墊鋪好，將河內帶到床上。

「不去浴室擠嗎？」

「浴室比較好？」

「在浴室擠比較好清理。但沒關係，就用你喜歡的方式吧，你需要毛巾嗎？」

犬飼心想，河內肯定以為他是要用「擠」的，看來還是把話說清楚比較好。

「請問……我可以用吸的嗎？」

河內先是無言以對，他搔了騷後腦勺，嘆一口氣說：「原來你是說這個。」

「我已經說了隨便你了，你要吸就吸吧。」

犬飼知道河內答應得心不甘情不願，但他實在太想吸了，所以便恭敬不如從命，將河內放倒在床上。

河內兩邊的奶頭都微微發漲，看上去有如紅莓果一般。見乳尖滲出乳汁，犬飼一口含了上去，生怕浪費了任何一滴。他的奶頭有些發硬緊繃，犬飼只是用嘴唇輕輕一夾，口中就充滿了乳汁的溫潤。犬飼如癡如醉地一口飲盡，他用力地吸吮，想要尋求更多。

發情期與河內做愛時，犬飼也曾吸過好幾次他的乳頭，但每次都因為太過興奮，事後都沒有什麼印象。此時此刻，他終於能夠專注地享用河內身體所製造的美味，將他的乳汁吞下肚，在這份愉悅下，犬飼的下身也自然而然硬了起來。

「唔嗯……」

隨著河內一聲嬌吟，犬飼抬起頭，與那水潤的雙眼四目交接。

「……你吸得好用力。」

「對不起，弄痛你了？」

「沒有，只是覺得跟平常被孩子吸的感覺不太一樣。我發情時你也有吸，但現在沒有費洛蒙的干擾，感覺好真實。」

看來，河內並不討厭被吸的感覺。見右胸稍微鬆軟了一點，犬飼用同樣的方式吸吮左胸。兩邊交互吸了一番後，奶量變少了，但犬飼不想浪費這得來不易的機會，他輕撫河內的胸部，貪婪地舔著乳頭，沒了乳汁也不肯鬆口。

為了避免壓到河內，犬飼在過程中都非常注意姿勢，正當他移動手臂、打算換個姿勢時，手背碰到了個硬硬的東西。「難道說……」犬飼往下一看，發現河內褲子的胯下處呈現很不自然的隆起狀。

為了進一步確認，他悄悄地將手放上河內的凸起。見河內用力抖了一下，他這才確定河內真的起了反應，就算沒有發情，愛撫乳頭還是會讓他想要。

「你什麼意思啊？」

面對河內的責備，犬飼還是抓著河內的下體不肯放開。這時，河內突然一把握住了犬飼的堅挺，嚇得他驚叫出聲。

「我的回禮。」河內睨視著他。

犬飼開始隔著褲子撫摸河內的炙熱，河內剛才還大膽地摸上犬飼，卻被犬飼這一舉動嚇得縮回了手。

犬飼將河內壓在床上，開始親吻他的雙唇。他愈吻愈激烈，混雜了喜歡、愛、性等各種感情，彷彿在貪婪地索求什麼似的。平常河內若不願意就會把臉別開，但是今天，他並沒有逃避犬飼那赤裸裸的感情。犬飼不斷吻著，直到河內發出不舒服的輕喘，他才將雙唇移開。

犬飼凝視著眼前這個氣喘吁吁的男人說：「我愛你。」沙啞又顫抖的聲音讓他有點糗。

「我想要跟你進一步交合。」

河內不自在地將眼神移開。

「……你不願意的話，可以拒絕。」

「我不願意。」河內以迅雷不及掩耳的速度回答。

犬飼的希望落空了，他本以為兩人能有更進一步的發展，畢竟河內對自己的愛撫有感覺，也願意跟自己接吻。但既然河內說了不，他就不會強人所難。

犬飼挪開身體，想要與河內保持距離，手臂卻被他一把抓住。

「我不肯，你就要走掉是嗎？」

他應該知道男人在這種勃起想做的狀態下有多麼難忍耐才對啊……犬飼心想，但他最終還是沒有說出口，只是起身從背後緊緊抱住河內。雖然他很想做，想做到幾乎瘋狂，但畢竟河內沒有發情，所以他還能保有理智。在心中，他早已在猛烈抽插這個男人，但在現實中，只是靜靜地抱住他。

經過一段時間後，犬飼強烈的性衝動才逐漸冷卻下來，他終於能靜下心來看看四周。河內身體練得很壯，脖子卻格外纖細。他的後頸留有證明他屬於犬飼的咬痕，平時都被白襯衫的領子遮著。當時犬飼強行配對時，腦中曾掠過一絲念頭……他擔心河內不希望別人看到咬痕，所以有刻意咬得低一點。天知道他有多想告訴所有人「這個人屬於自己」，但還是忍了下來。

眼前這個「命定對象」雖然沒有發情，渾身還是散發著迷人的甜香。

「我們好像沒有這樣抱在一起過。」

河內拍了拍犬飼環抱在他胸下的雙手，兩人的對戒正好敲在了一起，發出了金屬碰撞的聲音。

「是啊。」

「為什麼啊？」

河內的這句話，讓犬飼忍不住笑了。

「你笑什麼啊？」

「我一直很怕觸碰到你，怕隨便碰你會被你討厭。所以，如果沒有你的允許，我是不會亂碰你的。」

「我發情時，你明明就很主動。」

「那是逼不得已，因為攸關你的性命。」

河內將身體的重心放在犬飼身上，一陣壓迫感隨之而來。

「我有時會搞不懂你的心，但是……歡迎你隨時跟我有身體接觸。」

「什麼意思？」河內歪了歪頭。

「我想要承受你的一切，你隨時都可以向我撒嬌討抱，要抱兩、三個小時也沒問題。」

河內閉口不語。

「你真的很有耐心，每次小優哭，你一哄都是好幾個小時。」

「因為小優哭起來也很可愛啊。」

犬飼好喜歡這種聊不完的感覺，這種持續不間斷的節奏讓他心情愉悅。

「上次露營完，你不是說，希望我可以在非發情期跟你做嗎？」

……是啊，但是剛才被你拒絕了。

「我一直放在心上，還去問了主治醫生，他說，男性Ω孕期也可以做。」

這段話犬飼吃了一驚，他沒想到河內有在考慮這件事。

「你知道這件事嗎？」

「知道。」犬飼老實回答。

「我很清楚孕期可以做，但該怎麼說呢……我們平常就很少肢體接觸，所以我無法想像在沒有發情的時候跟你做愛。畢竟我是個男人，受到刺激還是會勃起，但這樣順勢跟你做愛好像還是怪怪的。不過，像現在這樣，跟你抱在一起什麼都不做，感覺也挺好的。」

「那……今晚要這樣抱在一起睡嗎？」

「兩個大男人擠一張床也太熱了吧。」

河內說著說著便笑了，犬飼緊抱著他的雙臂、緊貼著他的前胸，都感受得到他的笑聲。他的這段話，有如把犬飼一下子推遠又拉近，搞得犬飼無所適從。

「我只有在發情期做過，你一般都是怎麼做的啊？」

「你喜歡怎麼做？」

「我哪知道啊……」河內回答，「我只有跟你做過……所以有點害怕。」

這是河內的肺腑之言。

「我想要很溫柔、很溫柔地對待你，溫柔到你受不了，說夠了、不用了。」

河內沉默了一陣後，突然抓住犬飼抱著他的手，本以為此舉是要把犬飼的手拿開，但他沒有，反而緊緊握住了那雙手。

「……如果我真的沒辦法，你停得下來嗎？」

「停得下來。」犬飼堅定地回答。他向河內後頸上的印記發誓，自己絕對會立刻住手，死也不會霸王硬上弓。

犬飼開始用舌頭品嚐河內赤裸的身體，他不捨得放過任何一個地方，耳後、腋下、膝蓋後方……全都被他舔遍了。

河內一開始有些怕癢，慢慢的，他開始輕聲喘息，身體中心也出現了反應。犬飼愛撫著他的性器，見他和吸吮乳頭時一樣沒有反抗，犬飼鬆了一口氣。然而，正當犬飼要親吻河內的硬挺時，他縮了一下腰以示拒絕，搖著頭對犬飼說：「那裡不用。」

「你不願意讓我舔這裡嗎？」

「不用特別幫我做這種事。」

「可是我想要舔，舔這裡應該很舒服吧？」

河內的硬挺顫抖著，似乎在索求更多愛撫。

「我不是不願意，只是……我沒辦法幫你做一樣的事……」

「別想太多，我是自己想做才做的。」

「可是……」

「我是自願的，能讓你舒服我很開心。」

見河內沒有回應，犬飼打開河內的雙腿，親吻他的炙熱。舔拭前端時，河內的腰部開始抖動，犬飼順勢將前端含至喉嚨深處，然後上下抽吸整根陰莖。命定對象所滲出的精液，就有如蜜汁一般甘醇。

「啊……啊……」

河內愈叫愈大聲。在淫叫聲的誘惑下，犬飼摸上了河內的甬道。河內雖然沒有發情，甬道卻已然濕透。犬飼準備的潤滑油，現在看來大概是用不上了。河內接納男人的洞口軟綿綿的，犬飼一邊吸吮著他的陰莖，一邊將食指輕輕插入洞口，只見手指彷彿被吸入一般，一下就插了進去。

「啊……啊啊啊……」

犬飼又插入一根手指，在河內的甬道中不斷攪弄，嘴巴同時用力抽吸。

「住、住手……」

聽到河內求饒，犬飼立刻將手指抽出，抬頭就看到河內臉歪嘴斜、眼眶泛淚。

「你不喜歡用手指？」

河內含淚的眼神游移不定，表情看起來很是激動。

「怎麼了？身體不舒服嗎？」犬飼用手輕輕撫上他的臉頰。

河內搖搖頭，然後用手遮住臉。

「我沒發情，又是個男人，那邊居然會感到舒服……好羞恥。」

他的聲音顫抖著。

「這一點也不羞恥。」

「我一個大男人，居然像個女孩子嬌喘連連……」

「你的叫聲很性感，讓我很興奮。只有我會聽到你那種聲音，只要我喜歡就好了。」

「可是、可是……」

犬飼直接吻上了他那不肯死心的雙唇。

「你只要享受就好了。」他摸了摸河內的頭，「感到舒服不是一件壞事，我是你的伴侶，是這世上最愛你的男人，被我愛撫，你只要誠實面對自己的感受，享受性愛帶來的快感即可。」

犬飼再度吻上一臉膽怯的河內，將手指插入他的窄道中，然後旋轉著舌頭，兩人的舌頭就這麼糾纏在一起。

接吻期間，河內不斷漏出呻吟。犬飼鬆口後，他的聲音終於獲得釋放，不斷發出「呼……」「啊啊……」等香喘嬌吟。犬飼一次又一次地吻上他，配合手指不停攪弄，河內的甬道變得更加滑嫩而柔軟。

兩人長吻了一陣後，犬飼打開河內的雙腿。印入眼簾的，是河內的硬挺，以及已然做好萬全準備的甬道。河內看著犬飼，胸膛微微顫抖著。

「害怕嗎？」

見河內搖頭，犬飼才挺腰，慢慢進入他的身體。感覺到甬道打開後，他才進一步挺進那溫暖的地方，這時，一陣酥麻感竄入他的背部。

「啊……啊……啊啊啊……」

河內微彎的膝蓋微微震動。犬飼繼續慢慢挺進，深一點……再深一點……直到兩人的陰毛互相貼合，他才開始慢慢抽插。犬飼插入後，河內的陰莖依然硬挺，隨著犬飼腰部的動作而前後搖擺。河內嘴巴半張，眼神有如要睡著一般朦朧迷幻，跟犬飼一起搖動。

犬飼溫柔地挺進，並握住犬飼的硬挺。那一瞬間，河內挺起了身體，用力縮緊了甬道。

「啊啊啊……」

在犬飼輕柔地套弄下，河內用力地扭動了起來，但他並沒有抗拒或要求犬飼住手。此時此刻，河內全身呈現有如櫻花般的粉色，在快感的操弄下不斷顫抖，他的陰莖被分泌物沾得濕搭搭的，乳頭又紅又挺，全身充滿了淫蕩氣息。犬飼為了欣賞如此美麗的他，一直忍耐著不射，但儼然已到了極限。

犬飼壓在河內淫蕩的身體上，一邊抽插一邊吻他，他想要吻著他射精，在興奮達到最高潮時，全數釋放在伴侶的體內。此時此刻，他的律動與河內的心跳似乎來到了一個節奏上。

河內紅著臉輕喘著，犬飼吻著他，摸著他的頭，緊抱著他低語道：「我喜歡你。」

「我喜歡你，喜歡你，真的好喜歡你！」

犬飼沉醉在其中，像是一個沒有太多詞彙可用的小學生，不斷重複著喜歡二字。終於，他第一次在河內沒有發情時獲得了歡愉。他這才知道，即便不在發情期，跟自己深愛的人做還是這麼舒服，用全身上下感受彼此所帶來的快感。

「不夠，我還想要，我想要你的全部，不管是體面的……不體面的……我全都要看到，也只能讓我看到！」

犬飼親咬河內的耳垂，在他耳邊低語。

「我想要感受更多淫蕩的你……見不得人的你……」

犬飼不斷重複著同樣的話，有如睡夢中的囈語一般。突然，河內摸上了他的背脊，用力將他抱入懷中，將兩人緊緊貼合。

他是在回應犬飼的話，這種被需要的感覺讓犬飼喜出望外，連親了好幾下河內的脖子。

「幫……幫我吸……下面……」

河內的聲音在犬飼的耳邊迴盪。

「我……我還沒有去。」

這句話，讓犬飼的陰莖再次硬挺了起來。

接下來，犬飼進入了河內好幾次，從前面……從後面……從側面……無論是哪個體位和角度，都獲得了極大的快感。河內淫蕩的滋味實在太棒了，那讓他像初嚐禁果的青少年一般沉醉其中。

他們一路做到清晨，然後彼此相擁進入了夢鄉。待兩人醒來時，已是星期六的下午兩點。大概是因為天氣很好的關係，窗簾雖然是拉上的、看不到外面，陽光卻將室內照得通亮。睡醒後，兩人再次吻在了一起，燃起慾望後又再次結合。

晚上時他們只點了一盞小燈，所以比起視覺上的畫面，他們更能感受到彼此的氣息。如今在日光的照耀下，深愛的人、深愛的人的表情、淫亂的身體、交合的地方都看得一清二楚。

對犬飼而言，進入河內的身體，彷彿已像接吻一般自然。任何時候只要犬飼想要，河內都會溫柔地接納他。說來可笑，兩人下體密合的程度，不禁讓犬飼懷疑他們是否本來就是一體。他注入的液體已滿到從洞口流出，但他還是不斷勃起，想要將更多射進河內的身體裡。

犬飼知道自己這樣太過縱慾，但就是欲罷不能。河內去廁所時，他曾冷靜地考慮是否該停手，因為這樣做實在太不節制了。然而，當河內從廁所走出來時，他又再次被慾望沖昏了頭，與他糾纏在一起。

其實河內可以拒絕的，但他沒有。他主動走近犬飼，向犬飼索吻。犬飼將他抱入懷中，撫弄他，給予數不盡的深吻與輕吻。

「……會痛嗎？」

犬飼輕摸河內的下體，一臉擔心地詢問。

「不會，」河內回答，「你的動作很溫柔，每次都很舒服，不會痛。」

曾經那樣畏懼性愛的河內，在習慣了交合後，態度變得非常積極。

「可能是做過頭了吧，你離開我的身體，我反而覺得怪怪的。」

兩人四目交接時，河內主動撫上犬飼，給了他一個吻。這幾年的癡心妄想一下子成了現實，有那麼一瞬間，犬飼還以為自己在做夢，意識到這不是夢境時，他高興得幾乎要昏了過去。還沒反應過來，犬飼就被河內壓到了身下。

見犬飼仰躺著、不可置信地眨了眨眼，河內瞇著眼睛笑了。他撐起身體，跨坐在犬飼身上，這個動作讓犬飼注入他體內的慾望順勢流出，滴落在犬飼的硬挺上。

他緩緩將犬飼的硬挺插入自己的體內，先是深深喘了一口氣，然後慢悠悠地上下左右擺動腰部，享受犬飼帶給他的愉悅。河內漲起的陰莖隨著腰部一同搖動，那畫面實在太誘人，惹得犬飼忍不住握著套弄起來。然而，此舉卻把河內惹怒了。

「不要摸！這樣我很快就會去了！」

河內享受到一定程度後，才答應讓犬飼握住自己的陰莖。見犬飼套弄得太過輕柔，還主動要求說：「用力一點……」

兩人一整天沉浸在性愛之中，什麼都沒吃。期間，河內偶爾會看一下澤子阿姨送來的孩子照片，但每當他拿起手機，犬飼就會立刻把手機抽走說：「你現在只能想著我。」毫不掩飾自己的妒意，盡情地向河內撒嬌。

做了一整天，兩人也餓了，便在傍晚時分一同到附近的居酒屋吃飯。用餐期間，犬飼的眼裡也只有他最愛的河內，此時此刻在他看來，河內就連吃飯的模樣都好煽情、好誘惑，他好想當場吻上他的雙唇，將他脫到精光，與他擁抱交合。也因為這個原因，犬飼吃得很不專心，只想趕快吃一吃回去宿舍。

回家路上，犬飼牽起了河內的手。河內雖然嚇了一跳，但也沒有甩開。犬飼趁機進一步在電梯裡與他擁吻，等不及想要進入他。

才剛進門，犬飼就脫掉河內的衣服，與一絲不掛的他接吻。因河內說想要洗澡，犬飼便一起進到浴室，用起泡的沐浴乳將他全身洗乾淨，然後在浴室裡用站姿從後面進入他。這是他們第一次用這種姿勢結合，即便今天已經做了這麼多次，新體位還是讓犬飼非常興奮。

在浴室做愛讓河內全身發熱無力。犬飼將他抱回房間後，細心地幫他擦乾身體、吹乾頭髮。期間犬飼親吻了河內好幾次，撫摸他微勃的陰莖。

「我還想做……可是好累喔，我想睡了。」

河內發出「休戰宣言」後，犬飼便乖乖將髒掉的床組收掉，將備用床組鋪好，與河內鑽入被窩，從背後抱住自己深愛的人。

躺下不到五分鐘，河內便睡著了。犬飼不甘寂寞，不斷親吻河內的後頸，想要干擾他的睡眠。然而，河內睡得很熟，親著親著，犬飼也在不知不覺中沉沉睡去。

不知睡了多久，犬飼突然覺得鼻子很不舒服，他皺著眉頭睜開眼睛，才發現是河內捏住了自己的鼻子。見他醒來，河內立刻放手說：「你醒啦？」然後輕撫犬飼趴睡的臉龐，手上的對戒也隨之發出耀眼的光芒。

「……已經十點多了，我想說怎麼這麼冷，一看窗外才發現積雪了。」

河內裸著上半身坐著……下半身也什麼都沒穿。空調的暖氣非常強，整個房間暖呼呼的。

「我餓了，一起去吃飯吧。」

犬飼爬向河內，摟住他的腰，將臉放在他的膝蓋上。

「撒嬌鬼。」

河內搔了搔犬飼的頭，他嘴上不饒人，動作卻盡是溫柔。犬飼覺得自己好幸福，幸福到身體跟內心好像都要融化了，他親了一下河內的下腹說：「對不起喔，我們的小寶貝，爸爸媽媽很吵對不對？」

「真的是……」

犬飼抬起頭，印入眼簾的，是他深愛的人的溫和笑容。

「這個孩子的名字，就由我們兩個一起取吧。」

「好啊。」

「感覺這胎應該是個女孩，好想早點見到她喔。」

河內的笑眼中，突然流下了斗大的淚珠。

「怎麼啦？」

犬飼急忙起身，摸了摸他濕潤的眼角。河內嘴上說著沒事，淚水卻如雨下，止也止不住。

「……對不起，我沒想到自己會有這種感覺，」河內低語，「我沒想到自己能獲得幸福。」

犬飼將他緊緊摟進懷裡：「感到幸福就笑出來吧。」

「我很慶幸自己的命定對象是你。」

一股暖流從犬飼心底湧上，那股喜悅與幸福，讓犬飼頓時淚流滿面。

「哪有人哭著叫人笑的啦。」

河內的吐槽讓犬飼邊哭邊笑，在笑容與淚水中，他緊緊抱住了這個世上最棒的伴侶。

全書完

後記

謝謝大家讀完《青鳥》。這是一篇ABO文，基本上就是兩個上班族的愛情故事。文中有對ABO做出說明，第一次接觸到這類文章的讀者，應該也不會看得一頭霧水。

我實在很喜歡ABO這種設定……有段時間我搜刮了一大堆ABO小說，每天沉浸在ABO的世界中，雖說現在已經沒那麼瘋狂了，但看到ABO還是會忍不住買回家。

身為ABO愛好者，收到這本書的邀稿時我簡直樂瘋了。但喜歡歸喜歡，要自己寫卻又是另外一回事，再三猶豫後，我跟出版社說，我想寫一個α是受的故事，結果馬上被打槍。最後我重新思考故事情節，才寫出了這本《青鳥》。

這本書是以ABO為前提設定，犬飼與河內這兩位主角，都是生活在這個世界的普通人。α犬飼的個性溫柔體貼、做事謹慎又百折不撓，Ω河內就是一般常見的普通男人。耐心美男攻配上普通受，譜出了《青鳥》這個小心翼翼的愛情故事。在ABO的背景下，兩人在過程中稍微遇到了一點困難，但最後還是有了恩愛甜蜜的結局。

在這個故事中，母乳是一個非常重要的萌點。一般BL是不會有母乳的，可以正大光明地描寫在日常生活中不可能發生的事，實在是很新鮮有趣的經驗。因為實在太萌了，我一直嚷嚷著希望能有母乳情節的插畫。

這次我們請到峰島なわこ老師負責插畫創作，我非常期待老師筆下的美男攻和健美受。老師為我們畫了許多色色的萌畫，畫裡的犬飼跟河內跟我想像中的一模一樣。老師畫的超可愛小朋友令我悔不當初，早知道就讓小朋友多出場一些。這個故事共有兩篇，第一篇刊出時，有讀者表示無法看見犬飼和河內的幸福未來，但其實，當時我心裡就已想好他們的幸福結局，這次終於寫了出來，再配上峰島老師畫的封面，沉浸在粉紅泡泡中的兩人，就連看的人都感到幸福無比。我很感謝峰島老師，謝謝他讓我寫的故事看起來如此美好，相信各位讀者一定也是心有戚戚焉吧。

另外我要謝謝出版社的責任編輯。責編在讀完〈愛與蜜〉後，建議我可以幫棉被增加一點高級感，這點正中我的紅心，也讓創作過程變得更加有趣。

如果你是我的忠實讀者，應該很久沒有讀到這種充滿愛的健全故事了。希望大家都能享受這個故事，用既緊張又期待的心情，看著兩位主角在ABO的設定中掙扎前進。

期待在下一本書與大家見面。

木原音瀨

高寶書版集團
gobooks.com.tw

CRS009
青鳥
アオイトリ

作　　者　木原音瀨
繪　　者　峰島なわこ
譯　　者　劉愛夌
編　　輯　賴芯葳
美術主編　彭裕芳
排　　版　彭立瑋
企　　劃　方慧娟

發 行 人　朱凱蕾
出　　版　朧月書版股份有限公司
Hazy Moon Publishing Co., Ltd.
地　　址　臺北市內湖區洲子街 88 號 3 樓
網　　址　www.gobooks.com.tw
電　　話　(02) 27992788
電　　郵　readers@gobooks.com.tw（讀者服務部）
傳　　真　出版部 (02) 27990909　行銷部 (02) 27993088
郵政劃撥　19394552
戶　　名　英屬維京群島商高寶國際有限公司臺灣分公司
發　　行　英屬維京群島商高寶國際有限公司臺灣分公司
初版日期　2022 年 5 月

國家圖書館出版品預行編目 (CIP) 資料

青鳥 / 木原音瀨著；劉愛夌譯 . -- 初版 . -- 臺北市：朧月書版股份有限公司出版：英屬維京群島商高寶國際有限公司台灣分公司發行 , 2022.05
面；　公分 . --

譯自：アオイトリ

ISBN 978-626-96111-1-9(平裝)

861.57　　110013330